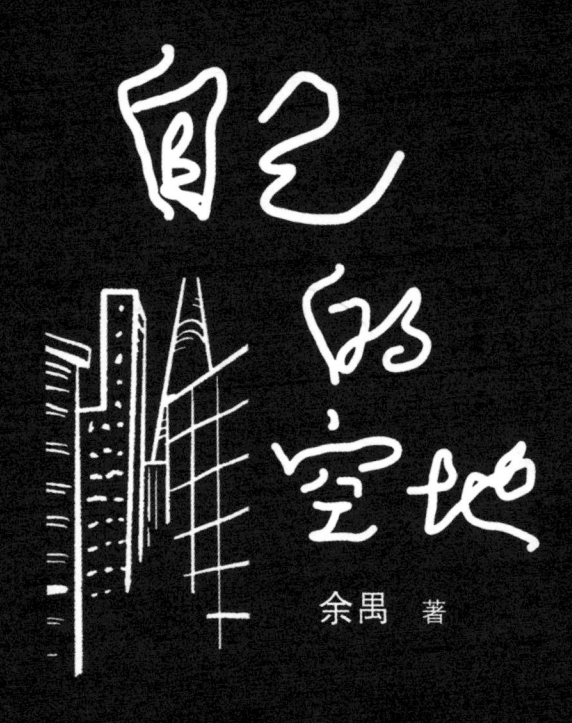

自己的空地

余禺 著

海峡出版发行集团 | 海峡文艺出版社

图书在版编目(CIP)数据

自己的空地/余禺著．—福州：海峡文艺出版社，2024.5
ISBN 978-7-5550-3349-3

Ⅰ.①自… Ⅱ.①余… Ⅲ.①诗集－中国－当代 Ⅳ.①I227

中国国家版本馆 CIP 数据核字(2023)第 216900 号

自己的空地

余禺 著

出 版 人	林 滨
责任编辑	蓝铃松
出版发行	海峡文艺出版社
经　　销	福建新华发行(集团)有限责任公司
社　　址	福州市东水路 76 号 14 层
发 行 部	0591－87536797
印　　刷	福州兴凯彩印有限公司
厂　　址	福州市仓山区浦上工业区百花洲路 24 号 A9#
开　　本	720 毫米×1010 毫米　1/16
字　　数	300 千字
印　　张	23.75
版　　次	2024 年 5 月第 1 版
印　　次	2024 年 5 月第 1 次印刷
书　　号	ISBN 978-7-5550-3349-3
定　　价	58.00 元

如发现印装质量问题,请寄承印厂调换

目　录

辑一　转　场

预知未来	3
一种形状	5
空地	6
呼吸	7
车向大海	9
淘宝	10
眼前的山坡	11
在无何有之乡	12
车停于野	13
城之一	14
成贤街	15
什刹海	16
云的自白	17
还去一些地方	18
搬动	20
告别之星	21
大风里	22
周记	23
晚云	25
骤访	27
搭车	28

破洞	29
某日	30
另类	31
上岸的鱼	32
驻足的浪人	34
走过更多的地方	36
晚照	37
游城	38
俯冲	40
明朗	41
择路	45
退潮和暴走	46

辑二　物　缘

猫	51
柚子	52
天鹅	53
花下十四行（八首）	54
盛夏的日光	61
鸟鸣	63
幸福的山楂树	64
遇狗	66
病鸟	67
石头	68
木棉	70
绿色花	71
坐向草地	73

神木	74
门前的橄榄树	76
黄花菜	77
明前茶	78
琴在盒内	80
独木舟	81
一所房子	83
又闻鸟鸣	85
乌蔹莓	86
琴和女孩	88
低垂的竹丛	89
摩托穿过林子	90
归鸦	91
叶子	93
葫芦	95
又见荷塘	97
红树林	98

辑三 环视

视听	103
停顿	104
光带	105
一些	106
江心岛	107
寓言	109
金水湖	110
草地	111

3

无月之夜	112
相见	113
治丧	114
海岸石窝	115
峡谷	116
尚水	
——给霍童溪	117
潭	120
即景	121
在江滨	123
光明港	124
夜絮	125
辨识	126
仿仙	128
云气村	129
雪的南方	131
临海	133
闽江湿地	135
沙滩格局	138
斯地怀远	140

辑四　秉　烛

灯下	145
我要	147
门神	149
梦中	151
如果	152

我的证明	153
草籽	154
空出的牙床	155
盯梢	156
白纸上的线条	159
侧卧	160
预订一间茅屋	161
赋格（二首）	162
行窃的三角梅	162
蝴蝶变翼	163
二度梅	165
就位	167
麦粒	168
散步	169
莳花刹那	170
一天里的一个时辰	172
我的水经	174
断句	179
蒲公英的告白	181
倒影之辩	183
领路	186
飞行	188
置换的视觉	189
临水黄昏	190
歌唱	191

辑五　你和我

失母	195

5

哭父三叠	197
抛荒	199
父亲的岛	200
睫毛	201
惊艳	202
困倦者	203
下楼的女孩	204
花与少年	206
问路	207
戴红帽的老头儿	209
诗人和蝙蝠	
——致诗人蔡其矫	210
读《断片与骊歌》	
——致宋琳	212
谛听	
——致宋瑾	213
梦母	215
飞花	217
画	219
春景十四行	
——致一位大女孩	221
楼宇新词	222
农事新编	223

辑六 风尘叹

生死场	227
神经外科所见	229

晨见	231
邻居	232
病美人	233
病毒	234
避疫	235
宅居	236
真相	237
弯腰	238
在家回想乘车与过街	240
邀你	241
复元	243
阳台	244
共伞	245
听鸟	246
看家狗	247
泊车	248
评话大师	249
问路	250
打听	251
午时	252
迷城	253
新锁报废	255
扶手	256
乔迁	258
关于爱情，我们能说些什么	260

辑七　光影移动

两眼拾物的日常功课	265

采桑曲	274
新人	277
初老	278
秒针	280
龙船花	282
秋风起	283
老人与鸟	284
故事的漏洞	285
黄昏	286
归来	287
生日	289
龙眼树下	
——江滨公园所见	290
凭栏	291
越过晨线	293
三角帆	295
给我	297
湖边（二首）	299
六十履新	302
奔跑的孩子	305

辑八　掘土伸一寸

康复	311
分身术	312
啄食的鸟	313
月牙	315
消息	316

背光的人	317
枯荷	319
白鹭	321
凉亭双老	322
那人……	324
观者	326
水	328
晨悸	329
遇鱼	331
海鸭子	332
凌大波	
——读屈原有感	333
并非假设	335

附录

余禺（宋瑜）创作年谱	339
评论选摘	346

代跋

我的诗学断想	363

辑一

转场

预知未来

假如我有预知未来的能力
我的弟兄就不会葬身于那次山崩
假如我预知了母亲临终的时日
就不会远游，在滨海的房间惊梦

假如我预感到见血场面的不祥
我或许会力劝家人即日迁徙
把得来不易的，婴儿般抛弃
如上苍请下悬崖上冥顽的山羊

当电话那头的女子轻声细语
早已牵引致命危险向她逼近
我为何不大声叫喊让她离开
就像老虎潜行时树上猴的预警？

假如有那么许多假如让我预设
我又如何把一副骨牌重洗？
如何将精血再造，灵魂升高八度
山川土石会因我而重新安置？

不，未来是一出戏码等待选定
捏住木牌的三根手指劲道尚缺

开场前的锣鼓啊，催心裂肺
那角色兴许已胎死在剧作家腹中

雾朦胧，面前道路的去向你要洞悉
蝴蝶羽翼正在把一场大风扇动

        2009 年 6 月 14 日

一种形状

我们坐在客厅，淫雨方歇的夏日午后
一丝凉风，追逐我们的思绪和神情
书报自己打开，使傍晚有所等待
小女儿的读书声，拒绝着可怕的流行病

木沙发和藤椅，让我们获得一种形状
从悬浮的脚跟和事物表层，把自己捏拢
就像个浪子在远方车站凝神吸气
一种停顿在行进中，令百害不侵

这个时刻，马在过河之前费一番踌躇
归巢之鸟也徘徊枝头左右顾盼
炊烟下的守林人拾掇夜巡的枪支
——倩女们在商场二楼的冰厅衔着吸管

我们坐着，从四散的地方
坐回各自的臀部，像流行病毒潜伏
但不肆虐也不消失，像一只狗走回家门
这时间，至少有女儿的书声把我们打动

2003 年 5 月 8 日

空　地

意识的一场雨把它洗过，它原来
像一生未动的牙石发黄、变黑，腐蚀生命
那堆积其上的是连绵重复的曲线，直到
太阳皮擦再也擦不动，天空反被硌得生疼
空出的是切下来的时光要被搬往何处？
像翻卷的乌云那样虚无比石沉大海
更加干净？而空出毕竟使一支烟
散得较远，使心猿意马跑得较欢
民工的柳条帽和水壶构成儿童画意的停顿
并且，把设计者的犹豫纠缠
空出意味着再次堆积从更远的地方
搬来更多，从，蚕的有限细丝扯向遥远
面临速成的命运使它发虚　　而
空出的场地在徘徊中荒芜，在空出中
呼吸并且重新和眼睛相遇　　和
上苍最初的运思
　　扯上关系

2003 年 5 月 10 日

呼 吸

> 那颗心现在低沉
> 明天会很圆满
> ——［英］R. S. 托马斯

一个人的日子为什么结痂？
是心灵的猎踪者打了瞌睡？
我曾听说车行是由于景物移动
海沟下陷，则有赖山的升高
黑暗中的蠢动借助了安寝
皮肉的愈合肇始于斫伤
在冬天，我感到时间是在温暖中
　　被加速了
太阳在老者眼中期待冷却
中年的心思如水四散；亡路者
该守在哪个河津把自己捉回？
或者，去向往后的日子里拜访从前
当晨曦因为晏起而变得虚幻
太平洋，五十万只海龟已爬下了岸
隔夜的许诺也已经风干
再次动身还得收拾行囊
既然岁月的吻痕已不可擦洗
又何必管上天老儿对今天的旨意

那鱼,因为天空的衬底
鸟啊,因为原野的铺叙
而我的存活来自日复一日的折损
　　自己看见的微细
如九千棵树张开叶子呼吸

       2004年11月28日

车向大海

并不因为风的缘故,车疾驰
离开高速路仍不减速,也不
　　把许多想象张扬。
驾驭者的脸上写着危险
又似乎信马由缰一任苍茫扑面

天边云,列成山的长阵　而
道路起伏,挟持以往的烟囱以及
梦和恐惧、信心和挫败以及
窄路两旁石砌的房舍　而
相思树在山坡继续相思
低矮的果林,如蓑衣党掩刀匍匐

快哉,疯狂在疾驰并且
一箭射向夕阳最柔软的部位这时
需要加速需要和女人调情甚至把
脏话演绎成一首诗并且一掬热泪给
　　歧途

车向大海　无路
遂有扑面的波卷　那么低缓
那么持重

2004 年 12 月 3 日

淘　宝

这一生不断伸手拿取
以为属于自己的东西
蚂蚁频繁改变方向　其实
与你无关　我们不知所以
就像每天的力量用在了不同地方

已经有了条蓝色的裤子
我突然需要一件T恤，它应该是
白色的　如同云彩和天幕的关系
没什么道理　没什么能说出
那种必然　像蚂蚁铁定要改变路线

那件白色T恤　就在某个位置
妻陪我走遍商场　终不免无功而返
所见都不确切　看上去
似有蚂蚁行进中的犹豫　似某物
多一分少一分的变种或乔饰

从石缝中长出的草最不挑剔
谁又能说它并无选择？
我便端坐、冥想，便翻出过往
终于在自家衣柜里找到它　略见
发黄　洗涤后却仍然洁白而闪亮

2005年7月7日

眼前的山坡

其实并没有那么多灌木在这里出现
当阳光被她们尽情地吸收
一个男人在独步中找不到身影

那是从大地上冒出的一些零碎
如同思想被删去的部分
兀自在消失前做最后的申辩

当推土机手拖着他的长筒靴走过
灌木们个个全身不由战栗，尽管
他只是前去买烟，再伸伸筋骨

香氛飘来时男人的双眼迷离
手指间玩弄的草梗早已在暗中疲软
他希望翻检出大地更多的诗篇

推土机和灌木们在歇战中对峙
而夕阳如枪口瞄准了山坡上的两人
这时候找到自己的男人悄然移动

他敬重他是高举未来的建设者　可
自己的身影却避免和推土机手重叠

2005 年 11 月 13 日

在无何有之乡

静坐案头,低首,在无何有之乡
摒弃一切又似把一切寄存
友人正准备给我来电,而我的手机
搁在楼下,铃响也听不见
推进中的上司,已经把我的明天盘算
不让偷闲就像监视一只歇脚的工蚁
人和蚁如何从行藏中感觉出拉锯?
呜呼,母亲在四十年前写下了自传
于今从冥界邮来开启在古旧的藤箱
这期间世界填充了许多白昼
也省略了许多夜晚。远处灵媒
叹息,仅仅掠过我汗毛的末梢
空气依然流动,而山岩不断剥蚀
一个人的隐私在衰弱中继续行进
好歹得写封信给自己,纪念不久以前
而当褪色本身也趋于平淡
笔尖甚或畏葸于出水的畅然
在无何有之乡,那是一个间隙
持续中的停顿,短暂而永恒——
我在高速运转的计算机前静坐
类似于多年前的一次出走,却吃惊于
显示屏上——不期然蹿出一声狮吼

2006 年 7 月 6 日

车停于野

如果你爱上一个女孩
在一处树林连着草坡的地方
她双眼迷离,脸上流溢着天使的神情

你甚至会注意她的衣裳和发育未全的
身形,在草色青青中稚嫩的嗓音
以及四下里窥视的幽灵

如果高压线就像上帝伸长的手指
沿着山岭下垂,要触及女孩的额头
是谁为她欣慰,为她担忧?

是你吗?当花红在暮霭中显得暗淡
一部机车在村道上骄傲地轰鸣
女孩臂弯的竹篮筛下无端的呻吟

能拜访,那街巷中粗糙的水泥居室
述说一只笊篱和猪食的关系;
神龛上,电烛是让法力抑或信仰长明?

如果你爱上一个女孩
请连同爱她的家,她内八字的走姿
请看那山冈四下呼应着教堂尖顶

2006年7月8日

城之一

从历史找回的一块玉石
带着她粗糙的部分
现代气息将她打磨,保留了她的过往
像一张棋盘,有红子有黑子,散乱着
大厦的银光映照胡同的粉尘
人的梦境,一如人的居所高高低低
光洁溜溜的大道载着速度
兜售劣质香烛的汉子强拉游人
而宫内文物从容,彰显民族之魂
今天的朝圣也还需把盘缠预备
那祭天祀地的所在设有高规格的餐饮
在歌与酒模糊他邦故乡的不夜城
老外的兴致如同走进自家门
哦,诗人点着的烟卷加入灯海
另一只手掂量着玉石的轻重

而车流急速地追逐它自己,并揪住时日
棋盘的广大稀释了那许多声响
这个都市曾被称作心脏,如今依然
是你的,我的,他的……
她的功能是推送血液,也一直需要
　血液的滋养

2007年10月7日

成贤街

昔日的景象恰似待字闺中的姑娘——
这条街，工人们正在给她梳妆
给她，原有的梦想
国子监深藏其中，文庙紧邻。孔子每天
依然巡视于长廊并把那石鼓敲响
将宣王狩猎的石刻比附于学问的猎取
使黄琉璃瓦更加灿烂，喷水螭头偾张
哦——
进士题名的石牌不过是忌讳娼与文的排名
而风日的幽闭并不该减损诗礼和道德
当官员的大马在街外勒足
太学生们的长袍兀自飘逸，从肃穆的庭阶
到汉白玉石栏，如同日晷走着自己的行程
那访客，仰首见撑空的翠盖，俯身看
绣径的苍苔，耳畔有古铜器铮铮的鸣响
回身门外遂有世代的混淆——
满街都是圣贤的古话假如可复制，不如
是那话中虚景，像秋天
依然在下一个年份出现

2007 年 10 月 11 日

什刹海

这称作海的湖,溶解了几个世纪的忙乱
步下拥挤的车道,有夜色下依依的垂柳
灯红里潋滟的波光,以及藕花写意
把贝勒府的珍藏字画撒开,将
李东阳和纳兰性德的诗兑酒
下棋、海侃或嬉戏,即便一尝泰国菜
轻啜樱花茶,抬眼面生与面熟何干?
谁又管谁何方神圣、此时和彼时?
这里是中枢神经边上的小末梢
是阳世的忘川在晴朗的暝色下催眠
在激情的乐声、鼓荡的节奏中安谧
步向银锭桥或作橹船游
吉他的颤音把 Welcome 的声量抬高
走完烟袋斜街再瞧一瞧星巴克咖啡和
NO.2 酒吧,火神庙和钟鼓楼又迷离了醉眼
他乡和故乡的错认谁又在乎了?
今宵夤夜,主与客谁不想把百姓做足?

2007 年 10 月 15 日

云的自白

我迁徙,往高处,那里有黄金的叶子
我用我的勤勉来交换信任
用我柔软的皮肤擦拭天堂的墙角

我只取我应该取得的那一份
那是低温,是上帝赐给的通神的梦境
我在气流的推搡下浪迹天路

我归来,带着种族的记忆
试图馈赠故乡,以几滴回报的润泽
然而却常常蜘蛛一般吊着自己

——既然离开我又拿什么回返?
生怕那变身的暴雨击毁大地;云啊,
我是在腾空时便画就降落的曲线!

2020 年 8 月 17 日

还去一些地方

还去一些地方
　　只因你一直待着，未曾移身
还去一些你想去的地方
　　只因它们记下了你的眼神
一角花园的入口
　　中国版图上它与你相邻
一处海沟的水面
　　太平洋暖流托举你的脚跟

还去一些相约已久的地方
　　只因你迟疑，在梦里失身
还去一些先前去过的地方
　　只因它们惦着你消停的忠贞
一张庭院里的木条椅
　　盲诗人拿双眼换了你的初心
一面街边的金贝鼓
　　浪游者在异乡为你彻夜歌吟

还去一些鲜为人知的地方
　　只因你筋骨疏松，书页蒙尘
还去一些你私下查找的地方
　　只因它们仍锁着记忆的石门

一座提瓦那库的假设
　　那失落之城里储着待掘的黄金
一笔流波之山
　　那典章依然擂出了五百里声闻

　　　　　　　　　2010 年 4 月 19 日

搬　动

不因为一场婚礼而去向婚礼
当今夜我只为了诗歌而工作
不因为诗的优雅而写下诗句
当我只是被一股情绪所控制
不因为情绪而待在家中
就像不为了回家而出门
不因为鸟的物种而抬头观鸟
就像不为了公园而散步
不刻意回避恭维而不恭维
不害怕冷眼击伤而顾左右
不出自心肺而埋汰心肺
……

但要做到这些我得用些气力
每天我还得将自己反复搬动

2008 年 2 月 2 日

告别之星

今晚我看到天象，在悄然分张
在蓝黑到更深的蓝黑之间
赫然一条断裂带横亘
一些星如同在深海聚集
乘舟向更深处而行
另一些星留在相对明亮的一面
大地上的光映照，令她们
更加模糊，如同搁浅的腔肠动物
面对这一切我没有吱声
事情本已到了如此的境地：
谁又能阻止陆地向海洋告别？！
我身边交缠的两股风啊
终有一股抽离，在无知无觉中
　逝去

2008 年 7 月 19 日

大风里

一旦放手你就消失
所以我要坚持
在大风里,在茫茫宇宙间
我看到一个黑洞张着大口
要把一切吞噬,连同日月星辰
事实上你已消逝,在一念之间
只让我抓住空气和一个手势
我要坚持,永不言弃
在茫茫宇宙间,在大风里
我看到风折叠起一切
有一只手在收拾残局
在打包,于气浪滚过来时抛出
预备下一个开始
所以我要坚持
即便你已消失,被风刮走
就让我把你想回来
　　再想回来
如同创始者做的一般

2008 年 7 月 24 日

周 记

题记：有孩子请教周记的写法
　　　答曰：周，星期，周而复始

是啊，把歌再唱一遍
故事反复述说，或者换一套语词
说唱给自己，又何关听众
——如此也像是翻晒的陈土
人原本是节律的一种，万物从死到生
造物的纸牌炫目，玩法则相似
我偶尔在空中捡到果实
更多是在树下，或在梦中
你不吃不行，吃多了犯困，或者
一病不起，还得像鱼自空中解放
还给活命之水，去寻找祖先的记忆
你有什么新招来一次博弈
一如孙猴同如来佛打赌
说你决不混同他人且能再生自己
即使随便堆砌，任意扭曲
你的歌也不离音响，诗还使用语符
抬杠者并不自圆其说
倾听者也并非失语
看哪，魔术师在玩弄我们的眼球

谁又相信美女真能断身而后复原？
雨一回回将大地清洗
当然事出一次又一次的尘埃
即便把纸刷白，污渍也仍在眼底出现
的确啊，人不再容易掉泪
并非世上已没什么值得痛哭
是我们的泪腺封堵，心中的江河断流
但你会在不经意间大恸
时光之手推开锈蚀的闸门
就像你初次离开母亲的子宫。
没有人只是他自己，虽说孤树不否决
森林，云的变化也仍在云的定义中
你每天走的路不多，飞行也航线固定
但太阳每天都是新的，你每天都是新的
新在人的无视里，在纸牌的法则中
——如此也像是回旋曲的奔突
耳朵在旋律中游走，寻找主题的变奏

我看到
思维跳跃不羁的最新人类
在母亲的故事下有短暂的停歇

2009 年 4 月 5 日

晚　云

也称作西湖的湿地在楼群间
太阳按它的规划巡行,拨出绿色触手
日夜轮回,时光自两头牵动
使眼前之景模糊,或织出往来间隙
一如阳光射于鞋底,在防滑纹的齿缝流连
而蚕的粮食和少年趣味在更高处悬置
那叫桑叶的东西仅仅标志了物种
唯有三角梅以集结的气势夺目
似一群女生叽喳斗嘴乱语如珠
择路者在闲逛中沉思
有一缘由跟在单独的身影后面
看哪,大妈的红线衣扎在腰上
中年人跑出袋鼠的步伐
顽童则迟疑于水渚之稍远
更多游者木然,并未走出游之模本
来与去在擦肩时雷同,一种凝止
如香烟给出死亡的信息
但鱼突然掉出水面,晚云挣扎自游乐园的
　　呼喊,军人在与父母同行中还原
当时髦女说出一句方言
余晖映现的湖光一阵颤动
婴儿车默然停泊,衬出了寺门的庄严

而木栈道委蛇，塑成真实的款步欲念
哦，谁是拒绝阳光的人？
当葵花颔首，夕阳已提前给夜晚点灯

         2010 年 4 月 17 日

骤 访

题记：驾车出游，临时起意，
　　　改道前去造访当年知青所在村。

车驰而顿，蓦然惊觉：
拐弯处有桑竹之属挽住车窗
仿佛谶语揭于书页
是风吹晨昏排定序码
云之手倒捋，使旧时地显现
如此路遇当年——
那地界，一颗黄土储着一个时刻
预备下来日突兀的造访
雨下着，道路泥泞，撺掇的心也止步
唯故人的照面映出你的深度
迟疑的眼神，犹如一枚石子等着芝麻开门

哦，是林中幽灵叫开你的嘴
吐出一个名字，如电子闪于机芯
如造物编订的程式；那
乡音之水流溢，使信号渡过声线
眼角波纹摄住了丢失的残片
一个手势便重建了一座村庄
末了再问童子，采药人的箩筐既已兜下今天
今之叩访，又缘何在那筐沿上摇晃？

2010年4月4日

搭　车

很久没走这一条街了
其实我曾到过，两年抹不去一切
公车站还倚在师范大学的校门口
那曾是个终点站。后来不是了
因为城市已经扩展，如气球

我其实应该知道返回的站点
却昏昏，仍依照久远的记忆
天下着雨，路面多积水
我却涉过街，涉向早年的蒙昧

或许那不叫蒙昧，是儿时的妹妹
尽管她已长大，或许多有变味
我宁愿看她哭笑，听她吵闹
多少回，从前的公车载着从前的我
我在慢吞吞、且停且走中逍遥

冷雨的傍晚觉着孤单
糊涂人还寻找着他的公车站
当我终于踏上正确的车线
却尾随有那么多的习惯和改换

2010 年 4 月 22 日

破　洞

在太阳广阔的光中有许多破洞
水的破洞不断被颠覆
又像一把利剑，把你的话戳穿
直指脑海的布阵
风如纱，留下空隙，不知
所行与所止何者为幸
昨日我去赴约，几年前老者的慷慨
把今天严重割除，让我濒临永诀
所求概无剩余，他先已悉数带走
仅仅落下疑问和许多明天
我为明天而不停摆弄双手和双脚
发动心脏，再发动心脏
营养却遗漏于进食，什物流失于指缝
爱情在拥抱中走丢，如同
耐力者骆驼自海市蜃楼中消隐
此刻我立于墙头，恐惧悬于枝叶
幻想跃上云层，便有绿色破出土黄
浓重的白色也破出丝丝蔚蓝
战袍开裂的破洞才微启警觉的眼神

2010 年 1 月 18 日

某　日

从昨夜回去，去向昨天的大街
看自己走路，有尾随的母亲

从树梢回去，去向某日的梦境
有蚂蚁爬过眉间的阳光和云霞

从妻的怨言和女儿的娇嗔中侧转
在为父乃至为夫以前微笑
带着不整的衣襟和肮脏的裤管

从上峰的眼神回到老师的长发
那缕青丝撩拨了少年情欲　以及
未知的妄想，同时把阳光收紧
于暗黑时点燃体中软骨
自我驱邪，并且在涣散时生根

由地蚕的寝宫回去，土的深层
有我丢失的月亮和鸟巢
随意抛掷的天体的残骸河汉的
卵石　有我自编的歌
在岩石上凝成命理和神灵

2011 年 5 月 5 日

另　类

从飞机的航线看大地上的道路
鸟跟风并行，水和云是两列
移动之车描绘了甲壳虫的游戏
树叶的颤抖传给蝴蝶和孤老的睫毛
另一个身影跟随脚步；门洞里
有人吸烟，远方都市正放着烟火
当时间在更多人手中刷刷地拉锯
晒心者正寻思从枯干的存留中
　　拧下清水
并把自己从铁轨上收回
像苍蝇离开猛撞的窗纱，却一再返工；
那种磁性，仍有斥力在暗中对峙
一只浪荡的狗总停步回首
老太太的故事也还在孙女
　　遗忘的画轴
并长出灿烂的霉之花
阴魂犹在疯癫者眼里拷贝
飞机的引擎或许把蜂鸣放大
而好奇者外星人正绕过满目喧哗
在断崖，已秘密进入人类的老家

2011 年 6 月 18 日

上岸的鱼

> 题记：梦中与人争辩——
> 那跳离海的鱼，是
> 背叛还是奉献？

谁能说出土地的过往？
是海湾把城市的触角托举
外来客双眼迷离，携带着听闻的美誉
一只掉队的毛虫在夕阳下仓惶失措
看哪，车轮展开的地幅向海延伸
空置的楼宇高耸，众窗则阴森，如
风吹出的石洞，如大漠之蜃景
连绵工地留下巨手的涂鸦，着色部分
反倒像遗忘，张挂了无尽的悬念
一盘棋裹着烟尘和夜色继续酣战
你好！是领路少女的笑意把残冬消解
一群柳条帽下的身躯拖着长靴
任豪华轿车也不敢大声吆喝
酒街深藏，羊膻刻入旮旯和绿丛
空气如翻不动的书页任晨昏抚弄
小宾馆吝于分毫，主客都职业
小姐把姜太公的钓竿探进门缝……
清早无声敲开宿醉之乱梦

捡回名字还需把自己重新启动
但一座商城已把人的全部虚实总括
异灵也在其中迷路,自绝于出口
文化园区以海为邻,文物却羞于回眸
艺术圈起自家无棘也无刃的领地
大师之作辗转于实业的谋略
而如笔之吊臂依然在大地上书写
掠过上空的飞机却上演告别
喑哑的人
抬眼间有谁叫开你失声的嘴
给那只上岸的鱼一个精准的定位

2014 年 3 月 29 日

驻足的浪人

当我在门前,留恋屋内的软榻
我知道户外的阳光捎带了寒风

清晨的空气否决了一宿的辗转,翠谷
敞开,我为何用宅居的深眼挑剔远景?

当你抬脚离开原地以便清污
人啊,究竟又该耽溺于何处?

玉石固定住了才能打磨
我该站往哪个山头去唱歌?

箭一般奔突的狗很快回头
松鼠又藏身于几个树洞?

飞鸽在天何需把归途打量
子弹上膛则要估算它的射程

走吧,不到东乡不知西村的情状
顺风的思绪,却遏制我倒转脚跟

一条步道事先把两地安放

你的目光又为何像蜥蜴出逃?

当我踌躇间弯腰拾起一片叶子
鸟儿滴溜脖子便梳理一根身侧的羽毛

       2014 年 3 月 9 日

走过更多的地方

走过一些地方
度量出的结果是腿短
比下去的是身高

走过一些地方
看到自己脸色的苍白
腰肢的熊样

走过一些地方
掏出许多时日、铁轨和铃声
许多催命的小鬼

走过一些地方
装入更多的空气和重量
一些自己和他人

走过更多的地方
便画出更少的线条
更少的，梦中图景

走过更多的地方
便想走得更远——
远得更靠近家乡

2007 年 4 月 28 日

晚　照

在海边就像在屋子里
或者说，在屋子里就像在海边
你发呆，或照着镜子做鬼脸
起身于沙滩之床，像个囚犯在放风中
家养的那只乌龟，也总伸长脖子仰望天空
旮旯里爱水的蟑螂，因水而断送性命
但它没有失信于生命的途程
试图征服海的人最能感知海的伟力
海鸥低飞，海燕却要啄破白色的窗玻璃
——你拥有这么大的房间就够了
风和太阳都是这房间的一部分
假如潮水将垃圾冲向你的脚跟
浊沫玷污了你的嘴唇
海神就会在你睡梦中修正你的灵魂
用白云之手，和夕光的利刃

2021 年 7 月 31 日

游　城

做个背包客，迷失在一座大城里
把每一天，像行囊里的衣服铺开，
选择那最心仪的穿上，你便能踩准钟点
而那座敞胸露肚的钟在穿城河的岸上
分秒注视着行人，以及你这样的浪者
没有谁在河边柳下是真正清闲的
那个倒地不起的，不足以让人心收紧
却足以让信步者在兜里细数步数
从西洋风情区到东区教堂
从情侣酒店到国际大厦……你选择
灯光最亮、人如夺食锦鱼的桥过河
随便看看桥上兜售的古玩和新意
游走在太初和未知的密码之间
雨从灯罩里淋下来，前路消失在迷蒙中
此时才觉得城市和城市并不相同
旅馆和自家并不相同；雨和雨区别于
人事的情节，饭菜咸淡端看南北的口味
你还得沿着既选的方向前行
迷路者能把一双湿鞋穿成干鞋
透过石头般的雨幕，你看到的是蛋液的世界
此心泛浊，就得去向清明之地
但此时该向哪个星球去容身？

电能耗尽的手机也已路盲
幸有人脑也安装了家的编程
你终在梦境的边缘寻回了临时的居所

      2021 年 8 月 12 日

俯　冲

俯冲是那种居高临下的动作
更高的意志在头顶之上
视野所及有两点一线的目标
不似江河兜着环形海那巨大的八爪鱼
在茫茫天地,不知更向何处挪移

俯冲,树上坚果的落地也毫不犹豫
那是一道阳光穿过云层,水中的
折射只是错觉。水不免徘徊
却可在某处等候它的到来;那光
有时迂回,却是在寻找一泻千里的畅快

俯冲之动势在俯冲之前成型
地面上的一切缩成微电路在鹰眼之内
云翳不能干扰,飓风只能助兴
俯冲是直指目标又自我吞噬的破折号

并无商量余地,瀑布岂可崖边收脚
极限运动也早已将生命衔在口中
而眼皮上的小息肉悬身观望
揣想一朝分离时,自由落体的使命

我在低处思忖向更低处的俯冲
一如风暴在低气压下集聚势能

明　朗

两粒安眠药让我渐渐明朗
从辗转反侧和右肩持续的疼痛中
明朗；从纷乱的思绪和烦躁中明朗
周公甚至不在梦乡，那里是无何有之地
我从睡醒后开始摸索，一只鹰在高空
呓语，使山谷空寂，道路格外苍凉
柳和花的变换在行旅中途
又如何作出抵达后的预测？
高耸的混凝土森林下远方来客
以手机接收卫星导航安抚泛红的眼睛
我看见明朗在无数窗口内安坐
它有许多化身，一再把晦暝逗弄
一份报告等待落笔，货轮相撞的原因
悬如蛛丝，肇事的根由依然慢跑
人的棋子散置在阳光下
谁能自天宫的典籍改写结局？
而挑战于我是拆乱的线球，是金币
滚落于时间背后、于斜塔不确定的身影
哦，当天空一无所有，我不知道引擎轰鸣
是否意味着飞机正在把两地相连
不知道河流的走向和上帝的心情
我又如何明了上司的指令？当话语在

进退之间预设了泥塑般的手艺
工作就在不言中考验智力
一项事业在心物之间摆荡
将决议亵玩，让实施勒马
目标止于分毫
呜呼，日子像拉长的皮筋越拉越长
是否在反弹的那一天击中原点
如炮火炸开的深坑暴露一切？

我不知道亚热带低气压如何改变风向
大雨制造的泥泞是否称作明朗
我不知道桫椤在深山丛林衔着露滴
云遮雾锁是否它原本模样
当我徘徊于岔路，止步于坎坷
该斥为暧昧的是路还是我？
阳光越过高墙的气窗
囚徒的命运业已明朗
而身心的尖叫企图扯下浮云
另一人在宽敞明亮的办公室打磨职位
有时却需要把声量压低再压低
是门外的推敲把听筒的另一端切换
哦，黑色或白色是幸福的选择
两色的掺和便是烫手的山芋
当我点火烧掉心思，便在无间地狱落户
使不明朗成为明朗的一种
使阴雨成为天气的一种
你不能从季节的底部查抄物候的本质
不能不为误闯饮料瓶的幼鼠寻求解脱

——当你痛恨老鼠，却又背叛自己
妇人用她的谵语发表爱心说辞
恰如无人相信的石钟乳兀自站立
而并不果决的礼让堵住车河
带血的擒拿反教窃贼溜下台阶
一种不为人言的事打开暗中的光明
但在一面督视之窗的盲区
超越薪资的额外动作注定被忽略
是风，劫掠了花香并把它消解
来吧，不要拒绝秕谷的爱情
她原本是为着饱满而生

那么且让我以夜游之身现于江湖
且把我的原形寄存于族人的仓廪
在血还没有被洗净之前
且让我带毒行走，随处变一朵蓝色花
楼房的山谷里阴影笼罩，我用我的
吸管吸收阳光，如情丝一样漫长
密闭的墓穴里珠宝恒久，又缘何开启？
——它原本是供给灵魂享用
我愿是一只毛毛虫，在通往蝴蝶的路上
爬行，自当把明朗奉作真神膜拜，但在
完成蜕变之前请别把我的茧破开
而基因恐已在生命中途被改写了
朝向蝴蝶构图的细胞运动这般艰涩
我不知道一滴水是否明朗
它或许是在一抔土中安身
而我没长出翅膀，也且抓住一根

软绳,在恐高中练习飞行
这时代,不仅寻找姓名的人挖掘时间
就连光也需要把光打开,如同
腐朽需要腐朽的能耐
这一切都配装了长路的行脚
而一根螺丝在旋进中只把光让出
赤裸的女体只教猥琐者目盲
——哦,这真理尚可为愚人破解
艺术通常就坐在色情怀中
当蚂蚁从内心爬上了一个新高
混沌又再度出现,再度打捞水下月影
把一个圆形的疑问挂向柳梢
诗人还能否以投身贡献明朗?
那如水的世界无比苍凉

2008年5月1-2日

择　路

一阵暴雨使天倾斜，地崩裂
唯有成型的思想未及掂量和翻检
风，不能把既定的目标阻断
出行者依然出行，凭借自身的触觉

树折了，而鸟依然脆声鸣叫
雨歇的途中，行囊各归其主
阳光破云是因为云卷云舒
又有怎样的践履用得着六韬三略？

黄昏有群鸦思归并看见
崖边的犹豫；因路分岔生出悬念
生出远近和安危的摇曳

暮笼四野，前方的未知等待判别
大道或歧途谁来安以如梦的标牌
我啊，只以我的心路选择行路

2020 年 6 月 29 日

退潮和暴走

当惊恐和防范退潮,就让
畅爽的空气结束你沉重的赋闲
向着温煦的阳光,把心也敞开曝晒
眼前路虽小啊又流水般继续蜿蜒

君不见那伸枝展叶的巨树
让该欢乐的欢乐,痛苦的痛苦
而你欢乐,因落叶回返枝头再摇曳
你痛苦,为见叶脉写满季节的错误!

把眼皮挑高像云层绽开
日子重新列队,又岂是多米诺骨牌?
思想漫过山河恰同清理一遍屋子
就连蚱蜢也在草地的清晨眺望未来

因笑那瘸子脚步蹒跚,欲在天地间
暴走!或许倒立如高权,
双脚死命登向天空……

而你老了,丧失了秉性的浓度
能否在稀释的血液里奋力游泳?

当断霞如晾晒的衣物回收一日光芒
那白无香的菅芒花并不沾染凄清

人的归处以筋骨铺路
秋风向晚，你带着想要的一切离开
行囊内有目力所及海量的"贪婪"
心中是鸟翅和虫足绵绵的依恋

        2021 年 10 月 25 日

辑二

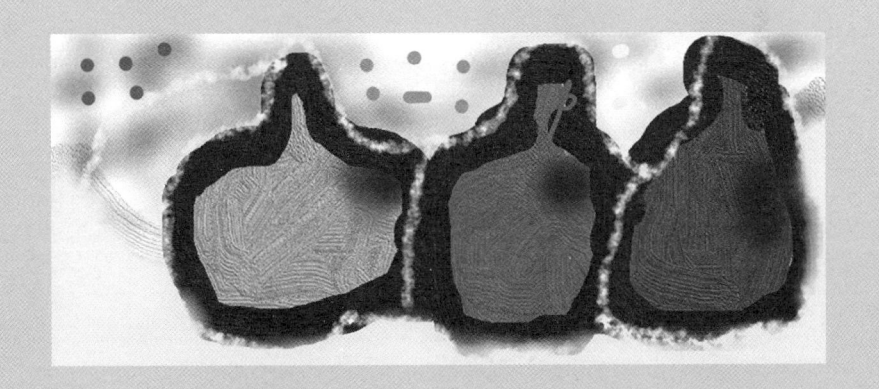

物缘

猫

猫掠过人的眉沿,不知从哪里闪现
你在路上,在楼中,摆弄肢体或声音
像一个圆滚动。而它是永远的切线
是没有实体的黑影踩着光轮

猫步过人的耳际,不知把什么隐藏
在衣鬓和灯箱背后,走着无路之路
并且拖着更多的年月,带着警觉
身子探出时预测了四周汪洋的企图

猫穿过人的缝隙,不知朝何方投宿
你在门廊下犹豫,意念已先行入室
而它疾行中突然伫立就像一道光的止步
双眼魔镜般透彻,又把俗物搁置

猫避过人的梦寐,不知有谁来恩宠
巡于屋脊像巫师和灵魂相互邀约
偶尔它把月下的一根琴弦碰动
如婴啼,如法官完成一次公正的判决

2003年5月9日

柚　子

一只柚子
她的肤色是时光的颜色
仿佛来自别处，却泛出市廛的金黄
谁能量度——从土地到浮彩表层
从晶莹的内心到粗糙的皮相

混迹其间——在那红和绿的涌动中
挟持自己，用一种厚度
为了敞开也为了防护

那闺中女，深处的滋养是为了
出阁的一日？她藏起未知
藏起光和水、石头和星星
一种作坊使尘埃凝冻，琼浆躁郁
圆弧因为中心而成型

当然，裹紧之圆使滚动有了可能
一如水珠，却在下落时改变了形状
既是清甜香润总要握拳出击
过程中难免带着曲意之伤

2003 年 10 月 29 日

天　鹅

是有些玫瑰、山芋，在湖那边
随微风和树丛在暗中闪现
我要告诉你的，不是剩余的幻觉

不是白天的反面，尽管夜路迂回
水面皱起时像等候也像催促
蟋蟀们的停顿不同于心虚

那花木中的园子在真实的边境
池上有栈桥引渡我们，没有看护
寻美之行将见证于沉默的石头

亭子在池心，宛如仙女临妆
天鹅就绕着裙裾和你的想象
两只玉立，一只浮水，还有

引吭的一只把我们的来意度量
星星落水时没有声响；天鹅之歌
似一叶舟划过了陆上生活

别说那不是天鹅。别赌咒也
别分辨。我不记得这样的夏夜和
虚空，还有什么需要纠错

2003 年 11 月 1 日

花下十四行（八首）

一

大地上这些自我看护的精灵
没有谁能说出她们为何美丽
当我偶然涉足江水冲积的沙垄
夕晖照耀的花魂又从何见识？

一如晴朗在云层上失去命名
交易和摆设才安下了"花"的词义
山阴笼罩的长堤扯出了护坡林带
花的静默只对应了船桨的自语

什么经由工匠的心调度莳花之手
什么自花蕊进入抵达事物之根？
陌路的访客，是花的左右把他拒绝

流水恒以向下的姿势接近城池
病鸟力图在最低层面挽住天空
花啊，我该于此生未竟就换下一生

2003 年 7 月 15 日

二

题记：李商隐《赠荷花》："惟有绿荷红菡萏，卷舒开合任天真。"——此荷犹小女儿态也。

（一）

当我的痴心，妄想有一个女儿
让我为你写出一首诗
哪怕一句，像清晨滴落的花瓣
是什么，令我对你意乱情迷——
如此凡俗的语言我并不回避

想到你总是一种凝脂的粉色
有诱人的鲜嫩，像春桃初红
代表健康和欢乐，还有坦诚
不设防的心灵和肉体
水在明澈中从不拒绝空气

而我的目光隐藏在空中
被你警觉，也被你忽略
你接受我的视线像接受奇异的父爱
有那么多密码在血缘之外编写

（二）

用你的洁唇皓齿嗑下生命
放在我的掌心；用你细致的手臂
挽住我的年龄，以及下滑的欲念
秋天有时冒充暖春令老树发芽

又是谁舞动魔杖，教石头开花？

我只知道暗室中是什么在操纵
我同它摸黑格斗像未完的戏码
清晨当你睁开眼睛而睫毛下垂
那困兽已如同新生儿一般安睡

无法拒绝亲昵之感像拒绝食物
必得免于轻慢之举像免于胃癌
且让我享有你的熨帖和稚气的清香
多年后当你仿若仙女来到我面前
我或许会禁不住难言的晕眩

2015 年 7 月改毕

三

我在空中玩牌，用我的花瓣
等待你路过，并无预约，或者
等的是自己，思想在花茎中秘密穿行

只为了散发清香。当你路过
只是疾走，寒毛的微孔也不翕张
我在地下玩水，用我的深根
抓住的是自己的生命，和你无知的
嗅觉。我无声呼吸，而你却像死人
不为那众多哭喊而动心
更不为鲜活的静谧回一回头

我在空中玩牌，用我的心吐蕊
只跟花事有关，跟日月的运行同步
当故事重演，我还把蓝色之歌吟咏
——你依然践踏的是紫花地丁

2009 年 4 月 5 日

四

当季节已过，风不答应什么
云也不在天空拖曳思绪
墨迹依然，宣纸却不守当年之约
抽屉中的乾坤也失了一些气势
两树羊蹄甲花为谁轮流绽放？
河之上下何谓水的归程？
假如你在门缝里留下将来
那依约而至的人却渐行渐远
并无累积的情愫，像深井巴望银月
年轻时的错觉谁来为你揭穿？
葡萄藤搁下的桌面终归清零
又如何把一盘空气带入坟墓？
痴女啊，虽说一丝枉然尚可留下印痕
你又是否在梦无所续时心存惕惧？

2014 年 2 月 6 日

五

秉持私下的激情，一些可视的幻美
致命的香氛，把色之幽微溶解于俗念
但我有远箭刺心，当盔甲由尘世锻造

一个人试着把许多人许多梦境挤占

秘密只在我们之间，如同太阳藏于黑夜
我不叫掺杂的珠玉被漠视者误解
当我爱你，却羞于启齿，请不要显形
在人面前，你无须对我太过亲近

如何把你拥有，当你我若即若离？
如何在深宵清扫自己的禅院和法器？
无形的风啊，并不受树枝和车轮抵挡
我如何从神鬼的两面对你抗拒？

不知花农用何心思把你供奉
绿蛙是在顽童的欲念下跳出水坑

2014 年 2 月 9 日

六

那草地蓦然一朵朵破土的红花
在绿茵上犹如排空而来的重音符
摆出千军万马的阵势

抬头方见树荫之上数棵木棉
原来啊，那是争相绽放随之纷纷脱蒂的
——硕大的人头
遂思忖：谁说落地的英雄不灿烂？！

可我深藏的版图，我恍然中立身的维度
何时每一天叛逃如天降的花

从眼睫毛飞走的、体内分化的土石
是否以遍地纵横再生——摆脱痛苦？

花啊，你在奔走中续写时间？
要在离枝那一刻带走谁的忧虑？
我却迟疑，是那成片美色把视线搅乱

2018 年 7 月 13 日

七

黑色土壤的软床，目盲的蚯蚓
能感觉光亮。我更愿意相信
卑微的草履虫也有眼睛，因为
它是那样不把水塘的污浊容忍

假如我是一只昆虫，我将卧在
花荫下面做梦，享受乱世下的
安宁，且把自己交到花的手中

透过花瓣我看到太阳和彩云
组成更大的花朵，大地也在把
花的芳香延伸；没有人会说：
花冠只是一间栖身的小屋和摇椅

哦，那天穹下的花，她想的是
花的天穹；她是在人迹罕至的
地方把人种植，就像把小虫安顿

2019 年 9 月 30 日

八

不，我无意贬低杜鹃的浅红
花啊，无不是人世间的宁馨儿
蓝天之下何来得失权衡的天平
选择放弃的手指，哪根又能舍得！

饕餮的眼睛啊，盯住粉红、橘黄和
白色！有什么能扛住花团的气势？
人在江湖不能不扶稳秤砣
人在花丛啊，定然顾此失彼！

可当拿起相机，脚步不免迟疑
茫茫世界你岂能一抓在手
是那纯白的含蓄和雅致不让你犹豫
躲不开内心，你就接受你最爱的引诱

没有什么旨意从天空注入眼睑
你只是在一时一地把自己发现

2021 年 3 月 27 日

（本小辑所收录系作者创作的《花下十四行》系列之四至之十一。）

盛夏的日光

是哪只桶将天上龙的泽水接走了
第三天的雷雨为何不如约而至?
又是谁摁住了风的扇子
让炎阳任性不愿回到它的房间?

如同雪的覆盖促成绿色大地的一次停歇
酷暑洗净了路上车马和行人
就连爱着天空的田畴也要
　　拉一片破布般的云来遮脸

此时谁来为一匹离群的狼祈祷?
这独行侠正穿越一座砂岩山
那山如同翻滚着的浓浆煨着落单的心情
哦,有谁愿拿支画笔把这幕图景强调?

悲伤并非心的伴侣。那匹狼
它不时从石罅和沟壑中穿越自己
从广袤的时空和日夜的间隙串联秉性
它并不满足于跟聪明的乌鸦默契搭档

太阳自己也要变化,雨每次落下
都不同于上一次;需要同类抱团的物种

因各自区分而得以聚集。那风
每次吹过都想看到殊异的风景

而夏季总在必要炎热时就炎热
期待中的凉爽，正是由炽焰刷成梦的底色
游吟诗人的行囊装的是族群的谱系
那雨，假如滴落也在为太阳唱出颂歌

                    2020 年 6 月 23 日

鸟　鸣

一滴墨汁，染在喜爱的衣上，在前襟
遂努力清洗，遂使那衫褪了一块颜色

我的儿，我爱他，爱他所以打他
末了便恨自己，连同恨他的妈妈

拣到一把生涩的锉刀，锉我的日子
从光洁处落下太多粉屑，弄脏了脚步

无罩的油灯，举在面前照路，照亮前方
照迷糊了自己的眼，火焰烧焦了额前发

阳光温暖了畏寒者，使他不敢回身
——那阴暗的屋内将加倍寒冷

不常见的熟人，在街角望见了
欲呼又止，便退避，有莫名的恐惧

鸟啊，你突然的歌唱令我欣喜、流泪
那一声啭又不啻为聒噪刺在我的心尖

2004 年 11 月 18 日

幸福的山楂树

>   从黎明到黄昏
>   阳光充足
>   胜过一切过去的诗
>   ——海子《幸福的一日》

诗啊似有还无,就像这棵山楂树
你不可能走过她如同没走过
这世界其实还埋藏着,千万个世界

假如山岭的余晖不向她倾斜
草巫鸟也不朝着满树红果发出鸣声
那雾岚曾经掠过的,依然升起在低矮中

依然在路边的坡下张开羽屏
但不炫美。假如你不刻意顾盼
不给她盛大的祭天的想象,用人语礼赞

你不可能真正走过她如同曾走过
你不可能认识山楂和她的居所
就像没有什么目光能投到太阳背后

就像树下尖锐的石头,山楂因它们而幸福

因为它们的愚痴,它们的无诗
因为山楂的唯一,是另一种类的石头

2006年5月于泰山

遇　狗

假如我踩到那只狗的尾巴，它会咬我吗？
它会扑向我的一条腿或两条腿？
假如我能快速地躲开，它会停下吗？
是会对我低头、喷气或摇尾？

假如我抱狗，它舔我，我会拒绝吗？
假如我把乞丐啊歹徒啊引进家门，它会
欲扑还迎吗？或者我和狗无缘
我自己便是都市里一条浪游的狗

忠实地，守着一棵树，守着逝去多年的
主人，夜里便在街巷摸索，找回丢失的
影。睡梦中打开门，向天空喊叫
晏起的日头就会匆忙一跃坐上雪橇

当我把自己编入故事我会惭愧吗？
我踩进阳光的雪地是一条腿或两条？
或者高处有什么落下踩住了我
不知狗的习性是接受还是闪躲？

2008 年 4 月 14 日

病　鸟

鸟落在道上，挣扎着，避过车轮，躲过革履；起飞，起飞。落下。她的胸脯贴着大地；她的翅膀拥着自己。她的歌没有带出鸟笼，鸟的史籍，也丢在她库藏的门外。

鸟寻找阳台。晾竿和湿衣，搅水的滚筒，瘦弱的花草撑出风雅。而尘雾使她鸣叫，噪声使她谛听，废气牵动她灵敏的腾跃……那覆盖了金丝绒的巢，吸吮或补充了她的元气？

鸟终于病了。跌落在道上，彳亍着，让过香艳，闪过笔挺；起飞，起飞。落下。刚做了一回风流梦，又对镜扮成个"儒盗"或"雅贼"。他的心，常常是难捉的球；他的身，还暂且被自己洗得干净。

鸟的美丽依然跃入病人的眼睛。拾了病鸟还主人；那弃鸟的主，黑夜是否要掩饰他的黑脸？

石　头

一

谁能给石头以命名？
运送了一亿三千年的东西就像一个停顿
一串省略号在山体内部……
谁能洞察它的幽秘
即使被努力揭穿？

女娲手中的五彩石遗落的子粒
盘古打翻的蛋清卵黄流向了预定的罅隙
有时一只鸟歇翅其上
是否意识到爪下金钱的储量？
石头在神的顾盼下也不动声色

握石在手这一刻早就排定
抑或不然？她原本在她自己的橱柜安寝
这消息在海之滨并不借助风力
不胫而走却也默然不走
与石头的遭遇就像与天空的遭遇

是否为多一份注目而欣喜——
玩石者啊，谁又能把天来占有？

二

多么长寿的山
帝王并未借走它的光阴
名士却因奇石极尽风流
骚人墨客于斗方之上行云走马
石头并无意给谁的胸襟列下脚注

是孩童的抛掷得其真传
石头宜于从天边滚落
在人间的流失中保存自己和裁处的迟疑
那刻刀即便穿过石头的心脏
石之血脉依然搏动，于拿捏之中

鸟飞走时假如带着谜团那是幸运
溪水覆盖的绿影转移了视听
人不必探知一切
——石头可以等待或者不等
可以包藏未知甚至虚无

只有石头才能敲响石头
谁又能丈量手指跟石头的距离？

2008年9月5日自寿山归来

木　棉

在城市风景中打上红色印记
代表什么？你没有言语
并非惊叹号，因你并无情绪
也不似一记邮戳，你原本就在那里
柳条在你身下婆娑，楼房在背后高耸
车流只追逐壮美之丹霞和霓虹
情侣的视线仅仅穿越彼此的护栏
你是一个爱字含在口中在消退中
是一千枚图章为诗人做出证明？
不，你只在路边伫立，在
广告牌的后面安居，于空中起卧
以极少的理由伸腰展肢，吐露血色话语
偷偷掺入那更多不一样的粉红或猩红
你不思迁徙，懒得另觅他途
不试图改变什么，只不愿改变自己
甚至没有鸟来光顾你的枝丫
连风对你也形同陌路
我们的照面起始于我的目盲
夕阳叹息，记忆之水终于理清微细
你高举的粗大花朵仅仅粗大而已

2009 年 5 月 9 日

绿色花

如何才能使你相信，我所说的一切不假
如何让地老虎现身，证明棉花的忧虑？
当我失了方寸，更多表白只叫你疑心
许多面目挤进眼皮、皱纹和毛孔

如同久久掩藏以致融化，销蚀身份
归途蛇一般，又错把他门作家门
向晚我仍耽于白昼，夕阳也误了钟点
有人说他在进屋时被我拽住了脚跟

晨昏相仿一如男女不分，残鹰栖于城池
使鸡不鸣，猫狗不再以气味辨认主人
我的问题是未能自持骨肉，如远山低于新楼
身为一朵花却向庸常的枝叶靠拢

而你的真心成为我的劲敌，因我的诚意
竟以弦外之音进入你的耳鼓——犹如
长久的分离也使母子生分使阳光含毒
这时代啊，一个人用十张嘴说不清自己

终归是绿色花，在众多绿叶中耽于混同
使众多目光游走更逊于丧家之犬；

在人寰,狗之忠诚也只用犬类的语言说话
那狺狺之吠不吊人胃口,又何须额外声明

2011 年 5 月 6 日

坐向草地

让我坐向一片草地，那野生的
似乎梦中的床褥、女儿嫩颊上的绒毛
容我疲惫的身躯在此处腐朽
但草尖锋利如同一个告示婉拒
惬意蜻蜓般彳亍，慎择而难歇翅

让我坐向一片草地，那蝶的舞厅
当我无声自怒，举着损坏的时日
似扫帚驱赶自己而非清风拂煦
又见草叶把尘埃抖落如月牙现身云泥
我的语音却蹦跳着沿着地表逃逸

坐向一片草地，这事让我迟疑
那绿色魅惑，如同温柔之乡的诡异
管它呢，凌晨听鸟并不回顾漫漫长夜
柔曼腰肢当在臀压之后渐渐复原
又怎能比之衰草躺落实在的摇椅？

2012年6月9日

神　木

每天如雾而来的解说排成长队
面对你我再次愣怔，梦境也无处可寻

你说："那手持电锯割向我身的是谁？"
我环顾而自视，似有罪愆在躲避

"心啊，在我的根部，有取不走的密码
所幸留下阳光和空气，以及防腐的本质"

盛大的华盖，云霄之域，盛大的直立
那么当仁不让——红桧见我犹如是？

"来吧，与我的神交媾，生殖天经地义
儿孙立我头顶，犹传达上天的指令"

我的王，请将我的凡身摄入你的细纹
尽管它历经岁月，带着满心尘埃和琐屑

尽管我非生番，神经也敏如脱兔
一如邹人的子民把腰刀轻捂？

且让斫伤处流泻精油，把清幽滋养

我该用怎样的行止缔结芬芳？

解说者当引:"比上帝的安宁更安宁"
我且说你啊,比土地的沉默更沉默

2011 年 6 月 23 日

门前的橄榄树

当光线变淡,渐暗,阳光退潮
我知道有什么在离开我的眼睛
当某人的名字缺阵,在散开的人群中
走失,如蚁群溃穴,王者目盲
我知道有什么在离开我的身体
——去向不明
不,是为我预设下一个出生地
像橄榄被一只鸟携带
寻找时光的深井,向着天空的广袤
而树还在那里,在我触摸到的位置
它只是在那里,并不把风捉到面前

2014 年 1 月 19 日

黄花菜 ①

怯怯的、自顾自而声音微弱的花,在
村道旁的石埂子上,只有青天的云朵
挽着她,只有风湿浮肿者的目光
护她的根,描出她金色的轮廓

几千公里外,时髦旅人步过名湖胜景
在绵延茂密的人工林的间隙
如同黄莺遗下的梦境,低低的
黄花菜为我一扫时日的封尘

主妇配搭金针的食谱,日月在其上
标记,清风在其上助力;远山如灶
绿水煮出了苍穹深蓝的心绪

这忘忧草,说人的心志需要洗涤
又有谁不必在趔趄途中得以安神?
行履天涯,乡关何处还有等你的黄花……

2019 年 10 月 4 日

---

① 黄花菜,即忘忧草,民间又称疗愁花、安神菜、金针菜等。《本草纲目》载,忘忧草可"安五脏、利心志、明目"。

明前茶

沏一壶茶,一壶明前茶
看那鲜绿的茶汤就醉意飘动
谁来与我同饮?最好是晴天的
风,以及树丛里鸟的和鸣

老家一并寄来晒茶的匾、炒茶的
锅,以及婶子们揉茶的手……
时下金贵的是以茶为礼的问候
那种摄魂的、梦境重现的幻觉

初春把她的湿度和温婉注入叶子
用茶垄的绿波养眼行路的人
街口的老茶鬼把精瘦的味觉挂嘴上
依然洗骨、净血,祛除经年的厚尘

低头沉思是我日常的一部分
就像饮茶把俗世的动静作区分
主客就座,宜先卸下各自的受命
泡茶的手,似在把时间的乱毛给捋顺

春啊,这茶不仅沉淀阳光和白雾
不仅仅纠结了山水的大军;那

嫩芽在清明吐绽——定有深意
来吧，我得再沏一壶气力的灵芬！

2021 年 4 月 18 日

琴在盒内

琴在盒内，在柜子的上层安睡
做梦，保留了屋内昏暗的气味
记忆像父亲的手指那般坚硬
多年前的旋律，浸在防腐液中

布包的共鸣箱：冷却的灶膛
火的灰烬平卧着一段想象
琴身完好如处子，如深宫的美人
许多时日都回到第一个晨昏

持弓的姿势还立着，影子重叠
转身离去的凄惶化作垂舌的狗……
是扒窗而出的心思盗取了自信
一个空洞被误解，而库存实已无多

丝弦显得犹豫，曲谱则挑剔
——当琴重新回到手上，拖着时日
楼房阻隔的光线是否还能续上蛛网
水一般经由更多突兀的流程

2004 年 11 月 30 日

独木舟

题记：据报载，2003年9月10日，闽侯县荆溪镇港头村白头自然村闽江水域惊现距今1500年前楠木独木舟

一

水面上轻盈的长身鱼，游向南岸的村落
去寻找它的情人
水流像梦的柔指抚摩
那沉重的楠木，掘出于泥沙
仿佛小女刚从一夜的梦中醒来
闽越之海涌至山边村寨；珠贝在爝火边
熠熠，疍民以陶缶盛酒，也盛上日月
独木之舟源自石锛的初觉
南北朝依然把先民的原唱刻写
以剖鱼之动作同远祖聊天
并且以耐腐的骨骼亲近时间之水
于千年后相遇另一个姑娘
相遇闽越汉子倾情的想象
哦，独木便是自渡的工具；不介意
乾坤的挪移摘除火架上的古事一罐；
江口退远，沧海何时让出桑田……
舟，宜在云中轻划，绘上新生林梢的
　彩纹

二

舟所以独，因它来自森林

从繁茂葳蕤而至光洁溜溜

是赤裸的汉子，山川泥石将它打磨

水洗过，再绘上凤鸟纹与怪兽纹

因独在而选择它的驾驭者

舟自适，将陶俑骑士载于其间，唤起

运桨的力道和目中长河

牵起前身万千枝杈的劲旅，并咏：

金克木、木克土，而水木相生相偕

唯独木睥睨众水的阻涌和抛掷

自在之舟，或戏玩于浊流恶浪之伙同

在飓风过后的地平上现身

捕鱼或者捞蟹，顺便把时光轻轻浣洗

五月之赛并以兽皮鼓的声韵回应流波之山

有所取舍啊便有所惕惧

这离根之木，诚以长水为触手

以漂流成其旷远的乡愁

2009 年 2 月 14 日

一所房子

一所房子在远方
那是我的房子,现在还不是
一个允诺已经成型,像海上的
地平线,尽管一再把我的视线拉远
像爱人在拥抱中失去
而假如阴霾降临,太阳啊
——也并非失信,并非背弃
那是我的房子,现在还不是
那里有一块绿地
赤裸的我在其中隐藏
有蟋蟀和蜥蜴做伴
鸟为我看守家门,不时回到草丛
没有盗贼进入,房中也只是草香
和一些催梦的空气
所以欢迎一切造访者
——上帝抑或窃贼
那就是我的房子,现在还不是
抵达它的路很长,一句话还在奔走
在我的期待中保持原样,像一股风
它不飘散,不叫拦路的鬼魅吸收
我在此地建我的房子
它在远方成型,那是我的房子

现在还不是,但我知道我会和它
走到一起,并且相亲相爱永不分离

2009 年 3 月 26 日

又闻鸟鸣

犹如昏迷者第一次苏醒
水洗的暗夜比白昼更加明亮
黎明的前奏毫不含糊
一把剪刀，剪断奋勇者的辛劳、
幸存者的闷骚

犹如静谧中的一阵畅笑
冬眠者自幽深漫长中跃身
没有什么比认清一个事实
更胜于救命的耳光
心目所及，理当重新洗牌
一扇使命双重的窗
宜从屋内用力推开

2020 年 4 月 26 日

乌蔹莓

谁都需要水、阳光和空气
伸枝展叶的,或许还需要土壤及同类
阳光对谁都不吝啬,水的供应则看
需求的强弱——谁在匮乏中更能争夺

嗜睡者靠身下物安排自己的躯体
——要说的话经由沉默抵达听者眉心
但简单的道理往往为反逻辑者弯折
三维空间其实早已在暗中拆解

你啊,其实也并非恶棍,并非
鸟的排泄物恰巧落在人的头顶
你的存在如同许多物种由需求决定
饥饿的狮子不会拒绝腐肉的残羹

乌蔹莓,你当然有权利求取
自己的一片天空,像疾鸟穿云
只不过那株三角梅原本是天宫的宠物
君不见她的灿烂刷新了观者的双目?

你不该蹭着她抬高自己像海上的火焰
是你攀附的卷丝一口气吹散了她的花朵

当蜜蜂彰显你的花期,她却保持沉默
深知那"伟大的停顿"并不值钱

2020 年 8 月 16 日

琴和女孩

那琴自己待着,常常不听拨弄
无人时它自动发声,为自己弹奏

它是一种风度,不是你的风韵
你是在俯视它的道路上被它俯视

纤纤玉指,接触它而感到时间的拉锯
能否觉出它另一端强大的分量?

它其实还需要一座山和一面圆窗
月光是在和琴音谐振时把琴身勾勒

你也许把琴当作你服饰的一部分
盈盈女生和电子屏构成舞台奢华

而它不单单从你的身体生长出来
你的娴熟不过促进它更长久地等待

有时跃起,毋宁是一匹不听使唤的野马
反引你向乐音飘渺的断崖

你听,淙淙流水的空谷,谁在演奏?
琴音响自茅屋下沿溪分布的石头

2020 年 8 月 17 日

低垂的竹丛

躬身而低垂的竹子，以思想者的姿势
护佑，沉思默想的人；以临镜者的
面容，审视自己的内心

因为水的倒映，竹枝照见自己
昏暗的房间；她的错误是过于繁茂
竹竿挤着竹竿争夺天空

她那向着四方鞠躬的幅度过于深了
以至于让人误解是人为的结果
一种谦卑居然令旁观者忐忑

不过她贡献的是空气的清流
就像你见过的许多绿荫一样
大地上的这种植物只为大地而生长

——其实情形的存在远非如此
就像飞行的意义远高于云层
听不清歌词的歌唱兴许更为动听

从高处看，她并不更像绿色的喷泉
——其实你只需对她行注目礼
不必去寻思那些庸俗的诗意

2021 年 3 月 25 日

摩托穿过林子

摩托穿过林子，穿过旭日密织的光网
那骑手并不比落地的松鼠更加从容
前方或有汗珠的收获在等待
身后是夜幕中的灯和问询

树叶随着车声震响而抖动
觅食鸟持重飞起，翅膀甩不掉噪音
露水忙着把昨夜的残羹洗尽
晨雾却希望对腐殖物更加包容

尽管大营草想把人和车一并拦阻
远方却有更多的碾压在进行
小小林子并不吝啬于多少能耐
也只能啊，全力把这机车的尾气消融

2021 年 3 月 25 日

归 鸦

沿着山脊,去向那座山的两肋——
云雾啊,总把你攀升的欲望提升
再把峰峦层层包裹;而你知道
山的房间巨大,推手便能扩增

吹笛人的乐音延长了他的触摸
而山是鸟和树的居所;还有
石头和风,以及真和假的传说
那风,就像从山的袖子里吹出的

却又如山的过客。是谁的咳嗽惊醒了
山,和山中的沉睡者?我蓦然想起
树丛和鸟窝,那是我先祖的原居
我该用什么去为他们洒扫庭除?

两种不同事物会在怎样的山中拉锯
我是把石头挤占还是把风来乘御?
应该去向哪个峡谷试验魂魄
石头和风,或许早已让我分身?

夕阳在山头吹出金色号角
崖边游人的铁锁又能锁住谁的承诺?

黄昏的凉意逼近你的选择

此时，也只有成群归鸦并不犹豫

2020 年 10 月 12 日

叶　子

分身的叶子诉说着树的位置和周围景象
诉说它即将走完的一年路程；用
绿色代表树的坚持，红色代表树的梦想
黄色是树的妥协，赭色则是委屈和隐忍
还有杂色标识了树的旗帜也会有的迷茫

有时我们在树下避风，或者乘凉
没有谁注意到树叶的形色和颤动
唯有接受庇护和赐予像吸入空气一般
想到树，只有模糊的一篷绿，抑或蝉鸣
那为树叫屈的呼噪常常把人心搅乱

其实树的语言类如光的轮换及示喻
不，它比光的闪烁更幽微，也更寂静
它在色变中宣讲，在雾霭中微振
激动时也只借风力喧哗，托水流传讯
树啊，愤怒时也不惜让风把自己连根拔起

所以思想并不取决于声音，正如天象
并不取决于某人的意志。树它大多沉默
无脾气，那众多叶子就像闲置的发声器
不，它们毋宁只是手语，以视觉传递

又常常如开启的嘴形，发出无声之声

当落叶做着最后的暗示，只为完成母树的
全部，再次等待那个知心者临近又再错身
依然等来践踏和漠视却仍留下叶脉的
编程；相信季节如约而至，沃土还把根系
抱紧——树与叶，总放任那聒噪的孩童

葫　芦

在土黄色的面上涂漆、绘图、烙字，那
枯干的葫芦遂成就为另一种确切的态势

葫芦可以盛水，盛酒
可盛下一声呐喊，一生的江湖吗？

盛进丹药，或盛下几缕仙气
以至于你的弧线，毋宁是一尊女神的写意

你的腰，用什么束缚，用什么
收缩，以挤过魔界的窄门？

诗经吟诵的可是山水的盛具？
古来又是谁能进入这壶中安居？

我不知今天你是否以标本存在于世
抑或以实用的死亡换来虚灵的新生

你自当能从深涧游向大海
在茫茫中代替漂流瓶

为鲸鲨、海马和珊瑚带去旷远的讯息

那曾经的持有人从天穹也从海底接近你

托举者谁？在今人华宅中的仿古架上
葫芦以宁静安享岁月的漫长

当邪魅在人的手脚上继续作祟
我试图从道仙那里接过这一法器

哦，那是一个身体天然或自塑的形状
我该用怎样的一只葫芦装下自己？

而你将等待探及你的一只手
那手，因触摸你而倍加温暖、细致！

2019 年 11 月 15 日

又见荷塘

五月鸣蜩,菖蒲欲把泥淖遮蔽
它的手再长仍嫌短了,更多的绿掌铺天盖地
并无意识轰响,蛙鸣只为创造全新的意境

即便没有约定,该有的也如期出现
如同世界的牌局改换运势
日头之行周而复始,又哪是重来一遍!

那沼泽之湖上接连挂出粉色灯笼
仿佛顽童鲜奇的纸玩才刚出示
花苞追逐着硕大,犹如国与国的角力

但是,堂皇餐厅内部的厨事谁能看见?
假如陷身于白日做梦,谁能让我惊醒?
必定有水下一族在把生死操纵!

黄昏来临,我知道雨之战马就在附近
遂想古人再现,也定不自拾牙慧
明日我当还来,与满塘的新词相会

2021 年 9 月 4 日

红树林

就像寄自远方的一封封信
文字排列或错落,都传递
始发地的气味,都复制
故乡的身影和皮肤的细纹

某时某刻风折苗落,你的分身
便在狂涛中漂泊、沉浮
依凭心中的指令,仿佛
故乡可向天涯投邮

戍边的兵勇,你先是个浪游者
因浪游而懂得戍边的要义
涌浪啊击天的泼墨,不是
四起的狼烟,也是
啃食陆地的饕餮

所以红树,你成为一道边界
在恶拳的凶猛和不堪一击的瓦解
之间,也在我和它之间
免遭"人"字在沉陷中改写!

直面风和浪的双重摇撼

你根的定力给我心的定力
受损的支柱继续分枝而
加固，再用泌出的盐
增我骨骼的硬度

而你的凋落物转换食物链
喂养海洋众主也喂养我
　客居人世的神经
陆海两世界经你绿色焊接
我和我啊，也需你居中调解？

红树林，你这候鸟的栖息场
我双眼飞回的故乡！

2021 年 10 月 23 日

辑三
环视

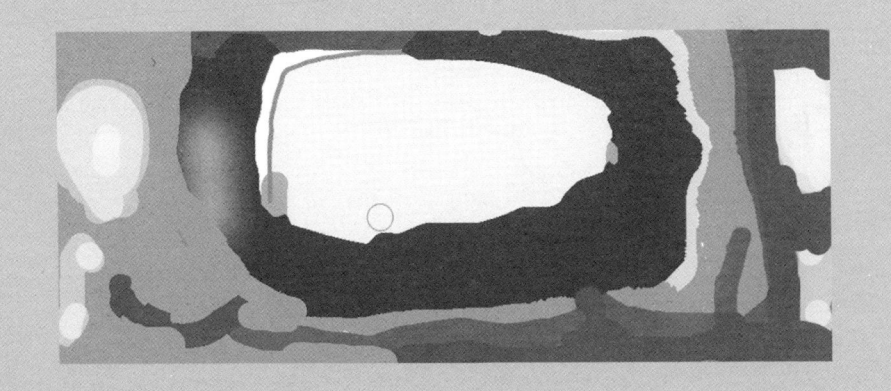

视 听

让我满足于我的写作，像教师安抚她
捣乱的学生。她为他们指引未来
用一些古老的事情——病因结了果
便有一探源头初始的必要，且须充满信心

那两个互相击打的，重复了原始的斗争
并且把事态推向神经奔跑的断崖
恐怖投射于脑中疾变的屏幕之外
直达内心最封闭的千层匣

——而那种巨大仍被巨大所扩大
哑口无言的是我们的话语和歌声

2001 年 9 月 11-25 日

停　顿

火红、柔和的阳光，瞬间从地上收足，远退到天边；云絮被镀上金色，从山脊向深邃处散开，像巨人解下发髻的一头浓密、飘飞的长发。天气是晴朗的，道路十分干燥，但即使在野地，也分明让人感到满世界暖烘烘初夏的湿气郁勃熏蒸；宽阔的大路两旁以及分割着田野的水渠上长着忽而茂密忽而稀疏的木麻黄，淡绿或墨绿在整快大地上立体地交错，间或有几棵树不知是由于干枯还是受霞晖的涂染，羼着淡淡的赭色，让人想起西方的油画；水渠上的水很满，缓缓地流动，呈着浑浊的铅色，像打印机吐出的纸。天色渐暗，尚无蛙鸣，池塘里偶尔有一条鱼跃出水面，蓦地惊扰一下黄昏的宁静；在河边，难得而恰见有几个老者在钓鱼；远远的水渠边上坐着几个男青年，挥着手臂，像是在高谈阔论。除此别无其他。

暮色渐渐地浓重了，那几对红装的情侣，不知是在这幅平和静穆的画里，还是画外⋯⋯

光　带

天黑了，眼眶就得伸出夹子，去夹紧书上的字。
一只柔和的手，抚松了我的眸子。
我抬头，哦，在那天边太阳落下去的地方，一条殷红的光带照着我。
我笑了：这天光，是专为我照的。

一 些

一

一些丘陵，有山的样子。仅仅是山的样子；坡度和缓。若干低矮的灌木或淡青的农作物。山麂只在夜里出没，或者，仅仅是成人的童话。汉子在屋檐下歇晌；老人在门内，干瘪的嘴蠕动抑或深陷，只有眼睛不同寻常，像出土的陶罐。鸡和狗在一起时有些情调，而从丘陵往下看的屋瓦像乌鸦张开的翅膀，折断的部分则是令人扫兴的。

月下的传说也已听过多遍。起身回屋时希望有狗的狂吠和手电筒交叉的光柱，以及街巷里杂沓的脚步声。

二

一些啤酒，以及玻璃碎片与肉体的接触。一些女儿在发廊，其中几个转到宾馆，像葡萄待价而沽。村里四十岁的父亲梳着"一边倒"，最爱听邮递员的自行车铃。镇上银行的收银员没少数落他。新屋在傍晚起火；穿便皮鞋的汉子倒在小学女教师的床上；医疗所开出了死亡证明。张家那十三岁的小子逃出了百里远，据说他北边的亲爹找到了阙尾村……

那位外来者只想在那棵老荔枝树下坐一坐，像多年前在自己的家乡，没什么是他特别要见的。

2000 年 5 月 23 日

江心岛

一个加号：十，是何物的代表？
一横为江心岛，一竖是悬索桥
桥上有畅滞交替的车流和日月
桥下有长生不老的蒹葭和雎鸠
当你时而俯瞰，时而仰视，多有
江山移位、门窗重置的疑惑？
当绿树和绿水刮起绿色的风
也让时光变绿，吻过车辙？
是谁，让款步和疾驰如此交媾？
我不知炙热的铁流能否
接受一丝清凉的水纹；阳光的
背面，又是否留有揣摩的空间
就像一对青年脚下的滑板
并不抹去那个老者步履的蹒跚
那一处新建的虚构码头，为何
要把昔日景象模仿？它毋宁
是提示了更多的记忆和梦幻
我来此公园漫步，却有沿着桥墩
攀爬的冲动—— 一种自我证明的快感
但假如我从桥上跌落，定有
魂归绿野变身蜻蜓的狂想
两颗心，一颗仔细地放入另一颗

就像鸟巢装饰的树灯相互映射
当我迟疑，总有个精灵在身后跟随
对我耳语：尽管两岸风光不变
江水啊还是朝向东海浣洗时日
没有什么会在海底失眠
母龟早把波涛的影像带进了龟卵
蛛丝尚且沿着桥腹下的青藤下坠

                      2020 年 1 月 4 日

寓　言

谁能在一则寓言中生活
你说不能，像鹰不跌落于大海
不吃桑葚嘴就不黑
自由王国端看各自的能耐

我见过一截木头被水裹住
在傍晚远离树林。一只鸟
站立其上，在激流撞击时飞起
复栖其上，谁操纵她开着玩笑

这样的本领给人惬意
假如再有一堆篝火，映出猎枪的
蓝光，或许我会说一则寓言
眉飞色舞而不关乎自己

当我沉浸其中像崇拜的说书人
你我短暂的脱身也被编入细节
——在我们来时的城里
由另外的两人述说

2004 年 7 月 31 日

金水湖

何时这湖,这提神的水气
草木葱茏的孤岛贮满陈年旧岁
仿佛亡故之身重返人间
那水边的弃鞋也有着亲切的惊喜

蒺藜护佑的蚁穴、野桃掩映的荒冢
铁芒萁燃起记忆的炊烟……
阳光浸于湖水,像结束一段忙碌
一声吆喝把山坳推向纵深

那声寂静无视缓坡上的别墅
红色的游人也显得毫不相干
是湖,就有那么点古意,像遗忘
更像是,把许多说法搁置一边

尽管不下水也想到了清洗
但一身酸臭燥热还由此生成
众人抽身而返;而两个落下的谈兴正浓
皮影戏般,且不见夕晖照在谁的头顶

2003 年 5 月

草　地

草地还是她最初的样子，像她的出身
尽管人工的梳理使她看上去有些异样
灰尘和水雾交替光顾，宠物狗的恋曲
就像模拟，赋予她本该有的幸运

草地是一种想象，出自设计师的图纸
一种惯性，如同阳光每天的照临和
某些狗的再次巡幸。一种归类
并非是仙女无意间丢下的一面纱巾

如果有人在午后慵懒时分，无所事事
目光偷偷漏出窗外，草地正好泛着嫩绿
空气中便有清香传递，那样纤细
谁能看作是一面海上波涛的插曲！

草地涌起她的家族回声在夕晖中落幕
如同吹旧了的风，委身于街衢
看啊，游人宁愿把相机对着高楼
借草地占先，而绿茵上的身姿那样别扭

2004 年 10 月 12 日

无月之夜

无月之夜,湖水的漂移像军队悄悄行动
如果有人相伴,他的话是否占据耳鼓?
全部的占据便是隔离,或许像黑暗笼罩
或许是敞开,像塔尖上闪烁的星
把池中的天鹅遥望;
而桂花的香气不必渲染
不必等待梦中的男女
一个人的夜行谁来阻拦?谁来告诉
湖上绿灯照碧树,暗中犹见知心鬼?
其实无意便是黑暗的本质,尽管
蝙蝠似枯枝落下,一时乱了真假
而风依然栖于树上如同醉汉的才情
大丽花由画笔甩落,在沉没之前坚持
八角亭的古意连同寂静逃离开自己
为了避免失真,避免视为矫情的指责
而忽然发声的少年的夜读是惊扰又是掩盖
无月之夜,湖水的漂移像军队悄悄行动

2003年5月9日

相　见

假如我看到一干人，在街旁等着生活
我知道另一条街上也有相同的守候
我知道在他们的背后是一个族群
他们的背后是一个更广大的守候

假如我还能在他们中间，像多年以前
我能取回青春并更早离开他们？
我能走进他们的身体掩埋自己
或者脱胎出一个新我杵在其中？

这么想时我全身失血无骨变得透明
空气中散发的色素把我染成了另一种
被称作"老板"时我四肢发紧、发颤
才惊觉有新的千年划出了江山

每天我都从我的弟兄身旁走过
相见一如不见，他们的砌刀砌我在
房主的砖槽，喷枪喷我在豪宅的漆面
只余我的无声喊在街道上空漂泊

……

2005 年 7 月 9 日

治　丧

白色，或黄色。或有负数之色。

黑色用来画句号。说话的人正在勾勒几条线索，使几十年变得简洁。

为结束者拾掇折叠的，像收回落果；另有慨然相与的，似归还之物。

行一回天地之礼，向着同类；掬一抔伤心之泪，也为自己。

哀乐啊，是唱不完的悲歌；绕行的步履，走不尽生命之途。

谁说活着是一种奢侈而礼仪那么轻松；当厅堂清扫完毕，谁还为死者请命？

海岸石窝

大海在疲惫时跃起，肢体甩向礁岩
海的生成者，在每一月中把海改写
所以海是阴性的，有"女和月母"之国
神人管理着太阳和月亮
在浪峰上刻写它们出入海面的次序
天空深入水域的页面，在连篇累牍的散文上
站着诗，如同那无角兽裹挟风雨
在力竭之前奋然一击，把盐砸向石岸
那是我的东方，有流波山入海七千里
尽管有兽皮鼓的声威由天帝擂响
扶持也只因为一个意念，如水滴漏于指间
但总有些许为岩崖接纳，让
千万年的行脚稍歇，或者为丧失的电光献祭
那无休无止的城池，总要关掉
　　几个房间，总有逸出者
在高处俯瞰，在啃啮出的窝巢安居
海因此在多次背离后发现
　　自己所由出的子宫

2008 年 7 月 29 日

峡 谷

造物主把山折叠，像折叠纸玩
当海那张更大的纸铺在面前
山就被安置在一边，峡谷因此而成型
因此而留有造物的指纹
那与海毗邻的深巷弯曲如蛇
有幽处的秉性，把更多时光拽入洞中
使风阴凉，忘忧草沉淀了隐者目光
古寨的吊脚楼炊烟悠长
溪水并不知晓自己的流向，而大海
另有所属，依然惊诧于涓流的清澈
以及峡谷中，廊桥如睡美人玉臂横陈
古戏台的锣鼓似极静中的幻听
扁舟野渡尤为迷你，是海神眼中微雕
为海的分身造型，山沟因此提高了品性
阳光斜照，幽谷面目半遮
却不似那珍藏了丁香般忧郁姑娘的雨巷
兀自在诗国的一隅沉潜
而峡谷依然是峡谷，它的竹梢俯水
苍松还需在崖上伫立千年

2008 年 10 月 22 日

尚　水
——给霍童溪

　　常在梦中的抒情之水
　　这朵凄清的玫瑰
　　追求永不衰落的年华
　　　　　　　——蔡其矫

一条山溪在海隅呈现规模
野芭蕉和绿竹的规模，古渡的规模
千年古榕和香樟的规模，溪畔松林的规模
幽微处，规模在扩大，蚁径宽阔
斑鸠扑向的芦苇丛跌宕；许多草梗
将狗尾巴花举向云海，并由绿水映现
桃花洲头，船桨拨水之声刷新了族谱
叠合了祖孙，使更多的流水可以返溯
使山峦有了抗变的规模

溪自何来？自鸳鸯的腹下鹿的足底？
自薜萝的根部？水是时光的液态
让你初识亘古长生的秘诀
当狮子岩下的宽沿釜劈开河床砾石
燧人时的伯牛于霍山错木作火
溪水便不绝于梦，便牵出生辰的排序

但那九曲十八弯并不模仿银河浩荡
只在山岭让出时潺湲
她与云空比赛的是耐久的脚力

洞中剑的留存证实了仙鹤飞天的想象
紫衣袈裟也如同雨后丹霞广披
溪流就不仅在黄昏卷几枝枯草
不仅让鸬鹚维护渔家的生计
还把钟磬溶解在水中,把梵音
自夤夜沿溪吹送,使湍流匍匐
碧潭之眼半睁,一如动静在握的盲者
那悠远的意念在磷火飘忽中
使溪水闪烁,灵光发自流年的深处

像发自肺腑的一行诗,罗列波纹字体
水是诗中气韵,月光推动旋律;而
节奏附着在悄然中。有时朦胧
云雾是仙女幻化的手,使弄光者尴尬
谁说烟岚笼罩使溪的姿影模糊?
犹抱琵琶何尝不是她的真面!
若人在其间消失,又不愿丢开黏滞
隐形的屏藩便如同太初的紫薇
当能使溪水进入他的血液

这溪的世界:四维之外的憩园
辞官避乱的大夫引水灌田
溪水另开福地,于崖岸招呼祥云
使稻谷如珠,石虎鱼也扎根在天帝的眼睛

而绿水之酿提气，骚人似白鹭信步于野
清绮之风镌于滩石之上，与天地同吟哦
这另类的介质，让水日夜批读
谁又能夺走这一溪好水的给养？那诤臣
已归乡入土，仗义之魂犹在溪畔逡巡

诗不难——面对这一溪的真实
打湿的词，却无关乎溪的宏旨
我更愿请树莺隐藏，在私下里歌唱
画眉在飞跃与栖止间自乐，无关乎愿想
就像溪水不厌弃循环的预卜和季节
要唱的依然已唱过，谁说溪上浮陈柯？
何须譬喻天庭遗落的飘带浣衣女的情丝
这溪，毋宁是喂我的汤匙
是我分神时叮叮咚咚敲我心的兰指

溪啊……

2008 年 10 月 7-8 日

潭

以日和月命名的潭，在群山环抱中
一如凤鸟的故里、玉兔的原乡
如今你把你的光影推到我面前
我又如何将我的身形投在你的芳洲上

原本该带来千岛湖抑或金湖的问候
可我自身行包太小，情意纤弱
先得叩问：该如何获取使徒的资格

踟蹰近前，我像一再犯错的孩子
你是秀外慧中的仙乡大姐师。端出来
碧玉溶解之水，琼浆气化之光
前引者且慢，是什么令我不敢照面？

当行旅蒙尘，远自旷古风云
羞颜又岂敢洗濯，怕污了你的净水
目光避开那些惊艳的部位
抬眼啊，又怎能不碰到更多的妩媚

清风那轻柔的力道，欲卸下我的皮囊
我并无多少内蓄的情状可以坦然
回头也只是把一小包绿色带在身边

2011年7月9日

即 景

那对着我家窗户的别一世界
远处山丘有陵园如梯田，种植虚无？

近处绿地中相扶相持的是羊蹄甲
两树花轮番绽放在冬日
牵扯阴魂般争相表述

湿冷空气自灵魂的居所吹出
宣告商场艳红节庆之谋略？

一座危桥坚持着
渡人的梦想高挂在云层

在云幕骄矜的映现中
单车族已经少见，独行则突兀

顾盼于树丛的灰色鸟更形羞涩
不可比的竞技，机械与徒手
一个高分在攀升之途预备下跌

谁来为隐身的选手击掌？
星空在烈日之上时间的故乡

而光给予的窸寐如此短暂
一个瞌睡又如何把欲念装满？

被翻起的草根不如还深埋地下
哪片山坐等飞越者最终抵达？

当花谢尽，枝丫一如落空的手势
鹰隼在擒获鼠兔的一刻体力不支

看哪，赛车跻身于购物者之列
目标遗留在崎岖的旷野

前途抄袭了后路，水在聚集中泄露
当你一再打起必要的精神
诗句是在诵读的运行中不断停顿……

          2014 年 3 月 15 日

在江滨

在江滨，早春盛开的樱花是当季的脸谱
少女举相机向花朵书写稚嫩
相互拍照、巧笑，不惭于同花媲美
游人或带上宿醉的欲望放任视觉
再把未尽的需求以货币填补
多彩扶桑拥挤成片，一如夜街人流
塔形杉在野山芋旁展示西洋风景
是什么让江滨喊出了高档楼宇的天价？
何处是罕见的浣衣女今天的家？
孩子们更热衷于沙野的随意
风筝总是忘记细线的牵扯；不觉间
时髦女子攀上树杈任凭风的无礼
而清洗喷水池的工人跟水融为一体
护堤外菜农走进古代的农耕图
除了脚下的，没有什么能分散
  他们的注意力一如江岸螃蜞的忙碌
故有游客之一踟蹰，用目光踱步
从此选择在何处把自己移除

2014年3月23日

光明港

伸入城市腹地的这条河
是一管竹笛,吹出湿润的调曲
榕树和三角梅各具指法
风,则调控着四季的章节
滨水步道因其长,使心悠远
使稠云,紧紧衔住落日这
红色圆粿,让绿色添其浓郁;
河面刷其金黄……
没有什么需要量度,唯有
及物的眼波、贴地的鞋纹,能把
情思还原,如归鸟的一声提醒

然而这以一当十的光明港,假如
宏楼和碧水分属两个地界
谁又能把明与暗的争议裁决?
君不见蓝花楹已饱含宁谧、深远
腊肠花却垂下黄金雨的热烈……
既有华灯共把彼此装点
晚空又怎不合笼暮色?
谁去管"小河沟"的过往?
毋宁随机挨近亲水码头
等待优游的明月一轮
静中,还得止住那许多陈词泛涌

2021年9月1日

夜　絮

让我们沿着光穿墙而入
看看里面的事物，把什么人雕塑
究竟有什么在砖缝里唱歌
把夜晚的一切闲闲告诉？
包括醉汉和街女，星月和微风
不思想的人是否也不做个残缺的梦？

灯影并不清点浪子的归宿
离人还选定下一个去处
无眠者为何清醒于三更？仿佛
夜来香痴迷于幽国和暝土
谁，为了一天匆促的光景叹息；
谁又能把魔鬼的造访阻止？

在众人的呓语中加入自己的絮语
是否如小月琴超越于混浊的声部？
或者将心香收藏于灵魂之腋下
在黑暗中自揭一次肮脏的面目
假如你身体的房间一直还难于寂静
何不试着穿墙出来趋身向银空？

2015 年 4 月 5 日

辨　识

谁自无人处辨识人的呼息
复由人群中辨识非人的气味

刚从超市回家的菜篮子里有妻的情绪
儿女们是真不识父母嘴角的含义？

一个人为退休的临近难抑窃喜
写字楼外，仅有一只八哥为他庆生

女孩以无知迷惑男子，目光所及
天真被刻意写在，错位的额头

飞机在高空，如何辨识地表上
那拼命招手的是何人，在向谁致意？

支支响箭，又如何穿越电子荧幕
集合成，你神经触感的信息元？

不久以前，朋友在紧要处说了假话
却能飞身空挺，踢开刺向你的刀尖

生命的陨落或挽救，稀松平常

端看那一丝空气左右何方

恰如商标，在更深处玩着近景魔术
视觉末梢能生出摇摇欲坠的蘑菇

鱼自水面辨识无水的世界
复在水下辨识恁多水的气味

而我像神在云端闭眼看着自己
在众多的分身中找回正身

         2015 年 10 月 4 日

仿　仙

像关灯后进入睡眠——那自给自足的窝巢
从光灿的车道举步坡下，空气分属两界
枝叶如千万只素手抚慰骚动的神经
深涧之磁紧吸足底，有小矮人相迎——
那是短柱茶把花果高举过头顶

我来，把醒与不醒的都挂在额边
麂角杜鹃的模仿讽刺了那许多欲念
是高高的乔木之花模糊了视觉
还是古柯、薯豆瞧我像天外来客？

排斥将山谷之行作诗的想象
或许仅记得三尖杉是白血病的克星
可我又不愿只为寻药用而来，这
幽谷啊，梦也不能把不相干的两面筑就
我该以何身份来谒见那常绿的甜槠

花树在阳光移动时避免窥视
石径隐没于野蜂低翔的归途
假如蓝天从此山壑再次放大并且低垂
九仙人还能在何处把自己的脚印索回？

2015 年 7 月 11 日游德化九仙山后作

云气村

在溪边的几块石头上寻字
那是水刻下的，或者是云
她抚过时留下的指痕
为早年某个书生的心思
为了他骊歌喑哑的怅惘
水流千年，字也千年
还有下一个千年在水边溜达
你只想寻着字小坐片刻
在时光兜着石头停滞的片刻
眼睛就放在溪水中洗濯
耳朵则交给山，和它豢养的
翅膀及虫鸣，像那个慵倦的
读书人……但这未免味酸
未免如电子视频的仿造
如无能者虚妄的自娱
夕晖并不似金箸夹取古意
你也不能被痴想所裹挟
在不为自己圈定的地界
做刻石为外来的假设
当晚风徐徐掀起你的衣襟
掠过寒意森森的水面，你的
五脏躁动，把华室中的想象深否

溪在你离开时蛙鼓依然

夜幕给黢黑留一抹光亮

石头还枕着石头沉默；月呢

并不执意却总躲在云的身后

        2015 年 10 月 11 日

雪的南方

题记：那雪，就像一生中的短暂荒芜

南方这里为何称作"忧郁的南方"？
在亚热带，海拔千米的山地
你从雪的故乡来，人因你而恍惚
犬——因你而发狂
疯子在滑溜的道上哦噢叫唤

南方这里为何称作"忧郁的南方"？
不，即便她以天空为镜也看不到自己
即便她一身素白，失去了往日的青葱
谁又能拒绝天女遗落的手帕？
谁又能厌弃那洁白的六瓣花？

玉尘之茫茫，是一次真实的伪装
风吹挂枝的冰凌，如玉帘叮咚作响
草叶啊，就像放大的冰虫在冰刀里
松杉顶着一床床被子晒太阳
而光经此弯折，路，据此逃遁
山神隐藏了牛羊的蹄印

盖住这山，让嗜欲的魔兽剜去的皮肉

盖住这水,叫眩惑的妖魅染黑的精血……
借此机会扭正歪斜的嘴角和眉眼
正好把涂鸦擦净,把难看的画面刷白
让你止住时光下滑的腿,及时把
已犯或将犯下的错误叫停

那狗,在恢复机灵时呆立,雪的南方
一如躺在医院白色的病床,把
溃散松懈的做一次矫正,把
原本结实俊美的再做一次保养

绿色世界的假面舞会——沿山势而起舞
但那白色并非要装扮你成小丑
她毋宁是新嫁娘的红盖头,为了
敞开的那一刻,蕴足惊艳的"包袱"

雪啊…………

2020年1月4-5日

临 海

那只我们无从评判的寄居蟹
鸠占鹊巢却又因它的杂食而成为
海滩清道夫,给浪人以沙的寓意
　　和
　　　海的胸襟

更多时候,海的潮涌会在远方掀起巨浪
正如一只蝴蝶能扇动万里外的狂风
海岸步道上的私家车,一个眼神
　　便
　　　支起一片海空

海霞如胭脂抹在海上,也包裹情侣心事
咸水发酵的是晴天,情话则曲解
海鸥的欢鸣;一丝唾沫
　　能
　　　涂改一篇祝祷辞

幼孩蹒跚于世界,爸妈则缩小视野
追光灯般的视线却来自祖辈的悬念
那心思推动眼下稚嫩的步履。牵扯
　　着

未来的一夜梦幻

渔船自烟波里来，夕阳下撒网
主妇在船尾烹饪，也蒸煮日月
腰扎手机的渔夫不慌不忙叼着烟卷　像
吹着哨子让鱼群集结；一个网眼
　已
　　拢住了城池一座

…………

　　　　　　　　　　2020 年 8 月 18 日

闽江湿地

> 心灵还是比眼睛小
> ——［美］史蒂文斯

一

这年头，有什么不更加鲜美
比如沿江笔直的大道和新生的楼盘
光洁溜溜的更有帅男靓女的额头和举止
两只飞行中的圆眼自天空鸟瞰
停车伫望的人，不期然于黄昏时分
热切的心情让宽阔的江渚染绿
我如今所剩无几的时光的底片
孩提的色谱上偏重的温婉和迟疑
我的芦苇秆系着的星期六午后
小溪流和池塘小鱼把塑料烟盒久等
蚯蚓在钓竿上为我做了个甜香梦
我想把收成的一半留给来日
在香蕉树上的果实依然青涩的时候
有谁将十岁的晚霞藏于四野围成的瓮中
腌制成如今疑似人造的玻璃画境
草烟自彼时落成这许多枯叶和心绪

二

哦，秋风是否刮来一次"政变"
蛇皮藤又要把谁的登山鞋拦阻？
是秋阳点燃树梢，让其回应时序的更替
松软的沙土，也争相把水分排挤
但竹林的下部翠绿依然，隐藏湫隘洼地
短叶茳芏和铺地黍，谁能在两军阵前
果决下注？在上游，唯有橄榄如期挂果
龙眼树顺理成章，在完成贡献后集体赋闲
当人使水位下降，就让云来把湿地浸润
今天的云中君也还为水草而折腰
周边新楼盘的封顶礼炮却再度把天象吓跑
但，尽管挖掘机和电锯早已为汀岸修身
木芙蓉依然把春季的蚕豆花遥想
在林间，果农依然拾起年月的碎片
用诗句抵挡雅贼的稚气和妄念
有谁说颉颃之你我再不能共存共荣？

三

天空若匀不出地方岂可望仙乐吹拂
又有怎样的拥塞就连风都无法挤占！
绿汀芳沚啊，谁为她的剩余加上着重号
低处的价值，受到更强的对比方得以升高？
现如今，即便阳光的长度也怕被缩减了
唯有心上热土，能把风景拉伸
我只见那白鹭最不在意自己的领地
废弃的桥墩和石堰也悠然伫立

一如菜地和果园，风水在焉便能育种
时下星星绿火，来日尚可燎原
君不见长镜头还能定格那苍鹭、斑嘴鸭和
绿翅鸭，不期然巧遇几只新客小天鹅
人落鸟群下岂有中心和边缘的区别
模糊他有或我有，没准运气来了便得窥
天誉的神话之鸟——黑嘴端凤头燕鸥
那濒危的天使许能把我濒危的才情守候？

2019 年 10 月 9-11 日

沙滩格局

那人工的坡岸上草木葳蕤
花堤是真实的,就像孙儿是真实的
被三环路和江流圈养的沙滩依然真实
就像不拒绝沙堆覆身的蚂蚁

拼盘一般种植的六月雪、艳山姜和
琴叶珊瑚;以及黄金串钱柳和
珍珠金合欢……学认植物的孩子
能在记忆的图鉴上对应那许多花名?

放眼江心,大型运输船逆流而行
机身隆隆,拉城市向偏山僻水十足有劲
水湾内疍家渔船却悠悠然撒几笔水墨
竹篙轻点,给还魂的古人存个意境

不起眼的蹚水蓼花,还有田菁
她们是旷野的遗忘还是私下挽留?
近前观察的顽童越过警戒链,就像
越过城乡的边界和隔代的壕沟

哦,那危险而又可亲近的水域
那保有天性稍嫌拘谨的沙滩公园

缩小了的不是天空和大地
——假如我们挑剔，毋宁是心的格局

       2019 年 10 月 28 日

斯地怀远

这一生,能去向那里吗?
那是一处原始森林,称作热带雨林
对于她,我是一只溯河洄游的鱼吧
每天黄昏,太阳也落向她那里吧
向晚时分,数以千万计的蝙蝠
从姆鲁山鹿洞里飞出,像
洞中一只巨手,将大把大把的
黑色沙子撒向天空
龙脑香树在一百米的高处手搭凉棚
红毛猩猩独臂拽枝,一只腿为猩崽搭桥
并不管树下幽暗如深渊
哦,那树尾和树头分属两个世界
我的双眼却分不出两个视野
捕蛛鸟夜间起飞如子弹出膛
阔嘴鸟则在白昼的绿海上复制绿色
食肉草的笼子①静静等待蝼蚁
大王花却跟土著的孩子相安无事
清晨,丹浓谷的云雾为众树缠上围脖
基纳巴唐河已向红树下的射水鱼
远远招手,仿佛鱼能听到长臂猿唱歌
这一天就像一千年周而复始
你瞧那失踪一百七十年的黑眉雅鹛

在雨林重现;我就是那只鸟吗?
当投归这天庭的岛三日又再远飞
谁能区分我前后的身段?

        2021 年 8 月 25 日

---

① 此处指猪笼草。

辑四

秉烛

灯　下

1

今天的一课——
把自己钉子一样拔出
自华彩的气流用力
如同左右脑失衡的患者

2

发梢虽露灰白
仍然需要一束光的帮助
让眼睛啊，不至于太游离
让记忆坐回自己的屁股

3

久违了，远足的心神
别在哪一天对自己生疏
翻晒旧梦依然自人工的山谷
不嫌厌，反复说的话再次述说

4

再次把自许，自疚地端出
春天的暖意夹带了残冷

来一阵雨，干扰一回道路
尽管放晴后脚步更多

5

既是祖传之宝就秘不示人
一颗心在深藏中护住自身
那一块面包形的巧克力
更利于隔着糖纸抚摩

6

磕磕碰碰的水流仍顺着河道
默默，没有把话说得像唱歌

2008 年 3 月 30 日

我 要

来到这个世界，我要抬手，要踢腿
我要拉开我的气箱，要压缩足底的弹簧
我要在胸腔里制造一台永动机
让血流像狼一般奔突，像稻穗一般灌浆
来到这个世界我想腾空
尽管更多的时候我离不开黏滞的土壤
离不开地球赋予我的、身体的重量
我想迅跑，尽管有许多无形的手牵扯
有风和惰性的阻力、有自己跟自己的
　摩擦和较量
来吧我要出拳，一拳激起筋骨的交响
我要抡开我的胳膊，以月亮作铅球
拿太阳作铁饼，投向那生命极限的远疆

来到这个世界，我要痛痛快快
拓展那生命极限的远疆
我要每天都像餍足的婴儿一般开心
把身体中积压的废旧一次次排放
我的睡眠就像小船止于一汪清静的湖水
我的清醒如同荷花粉红的绽放
来到这个世界我要一天一次诞生
要哭，要笑，要常常有动物般的嚎叫

参与大洋中的鲸鱼发出声波信号
加入春雨下满沟满野青蛙的合鸣
来吧我要卸下一身多余的脂肪和皮囊
让雷公为我充电，火山为我输送大地的原浆

来到这个世界，我要骑上时间的麒麟
让它随我的意愿改变方向
当我年少时我要快速跨入壮年的行列
当我年老时要扭转那灵角回到花季人生
——不，我要以坚不可摧的体魄永远青壮
以源源不竭的精力沟连天和地的交往
然而我也要以乌龟的步履，以蛐蛐的心思
对待每分每秒的吐纳，让神经末梢
细细地处理空气，让细胞正常地运转
来吧，我要——目光明澈
又怎能不看到时间对我的限量
如此伸腰展臂，我要，如蝼蚁般跨越
　无尽的苍茫！

　　　　　　　　　　　　2007 年 10 月 5-6 日

门　神

一

烧一炷香，来拜我的门神
当我的秋季来临，溽暑不愿消逝
果园中那许多媚行者吐着蛇信

鬼在我的城中，在囚室，一只
到五只，商量着越狱，耍一回酷
月黑风高之夜是它们光灿的世界

来吧，神荼和郁垒，吹你们的
虬须，耸你们的眉发和头上两角
拿起你们的桃木剑和苇索来捉鬼

捉回去关紧，教训它们，窃窃私语也
不准，否则让虎来吃，让金鸡啄
别让它们拿我的面相吓了我

让我体面地在我的城中等我的王
等他为我授勋，为了我一生
守住自己就守住了天堂的大门

二

烧一炷香，来拜我的门神
当我体虚神乏，妖魅来梦中唱歌
伺机在蒙眬未醒时将我拆解

不能说出的请为我隐藏
见我萎谢，请夹住我花枝的两肋
那鬼，已逼近我灵魂草堂的柴扉

来吧，神勇的秦琼和尉迟恭
执你们的铁锏和钢鞭，以你们的戎装
煞住魅号，更从我耳鼻之中揪出异类

并在我两眼的深处看紧门户
抚慰我的王，连同他的子民得以安寝
没有谁夜哭，没有谁怕见天明的光

王啊，凤凰还栖居在扶桑树上
你的江山依然久远——是门神的抵御
叫一些再次死去，另一些二度回魂

2008 年 5 月 9-11 日

梦 中

梦中我见到一人，说不出是老
还是年轻。他的话我句句听懂了
又句句都显疏离。他并非莫测高深
而像个智慧的农民，有土地公在身后
指点，四时作物给他帮衬
他告诉我他叫彭祖，在世上活了
五千多岁，却无人能识他的尊容
——遑论他传授的真经
他的陪伴久远如土，教诲每如朝日
意味深长像不绝的泉流
但孤独啊，终究封死了他的血脉
他将带着巨大的器皿和其中内容死去
烟一般消失，只留下一道浅影……
我欲挽留而无力，欲叫喊而无声
当一身大汗淋漓，却不知是梦是醒

2008 年 7 月 19 日

如 果

如果我在房内看不到自己,如果
我只是看到自己最阴暗的一面
在傍晚的院子里渐趋热闹的时候
我会从饥饿中抬起头来,移身窗前
会有一阵铃声如水,如风飘过

房中的我坐在椅上,那只藤椅
是我的敌人——如果你认为
陈旧的赭黄衬托了我的身躯;如果
远途不是连着脚跟,风霜也未曾
住进我的筋骨,而苍白

是我唯一的肤色。或许我会闭目
会躺下,去进行一次深度的睡眠——
如果阳光未曾给我足够的补充,如果
我所知仅限于蚂蚁和逗点,如果
我真的把自己关在一个蛛丝的梦中

而如果,我的门外不是一个更大的
房子,我不是因为约束自己的贪玩而
待在房里;如果我不是有灵魂飘游的
本事,我将接受劝告,将出走、
捕猎,并且将你拽入我的蜗居

2004 年 12 月 3 日

我的证明

我继续说出的是谁的话语?
当我试图握住自己的话柄
我听到的是隔世遥远的声音
心已把由来显露得那么清晰

但我的发声器官像一架秋千
在加剧摆荡中试图挣脱
身体在帮忙,加入全新的知觉
忘了是谁画出了相似的弧线

我的眼睛不时警惕头顶上方
有谁在对我的四肢发出指令
无所接收就已厌倦了木偶的联想

有时我的梦境关联了另一个梦
某颗心跋涉而来强行进入我心房
我在抗拒中感受到难言的温情

2005 年 7 月 9 日

草　籽

有恩于我的，我怎能背弃？
给我安逸的，我怎能另觅他途？
在鸟遗下草籽的地方
早已预设了根的位置

而根扎下的时候风在私语
蓄谋把新生的草籽引向远方
去留之间神在打架
放牧时间的人收不拢他的日子

云的故乡水是清澈的
魂游太空也依然显现为自己
但旅人之心思归
行囊中深藏着居家的蓝图

当我欲从那躯壳脱身出走
总因为守灵人的眼泪而止步
哦，且把羊群看作是天上的云朵
抬眼我仍然对苍穹深情贯注

2006 年 7 月 3 日

空出的牙床

一只臼齿撼动了身体的邦国
令守卫疆土的兵士缺粮
令后方失于防范,犹唱"空城"

它是因为贪恋香软而付出了代价
也是根源于指挥的失误,被含糖的药片
自伤。被虚妄的周全断送

终于连根而拔,令女墙坍塌
并连锁一般,动摇城堞
那攻城略地的妖魔匍匐四野

风雪大漠,坚续大军的补给线
臼齿在幽冥中呼号,拉起一杆骷髅旗
在同僚叛逃的路上留下刀斧手

2007 年 4 月 30 日

盯 梢

一

许多形体,在叠加中互相牵扯
培育你神经的,还有许多颜色
一种无水的浸淫那么广大,漫无际崖
泅者控制着呼吸,努力举着头颅
并且再次从鱼族中蜕变,重走进化之路
更多的人在种属分界间来回
当时光渐渐倒流使人后仰
是什么在另一端参与了拔河?

二

身体连着平川,胜负尚无定论
因为在不可预知的拐角、神秘数字之下
即便在"宝马"疾速的"奔驰"中
一双眸子也来自古老的掠头族
当绿野渐趋沙化,被掠者也已稀有
成为另类,有更大的妨碍
那视力如箭射来,箭尾带着细索
如雨般的箭,没有不被扳倒的乾坤

三

这是一桩旧事，于再次的演绎中显出新意
来，和我们同行，举手投足，和我们一般
你休想逃脱，休想以头上的光环得宠
除非有另一顶皇冠，受众人膜拜
没有谁，能将一池水分出台阶
身体和身体的对抗势均力敌
当群鸦和鸣，神也听不出声部
那空古的足音，也已被风耖平

四

四面来的风，那么酥软而有劲
当心旌摇荡，官场描下的阶梯变得稳固
曲线玲珑的浴女也能穿墙
一种玉石在街边廉价兜售
来吧，那人，乌鸦也把喜鹊纳为同伙
这年头你怎能目不斜视？
你不看我时又怎知道我看你？
当你脊背稍软，便不免弯下腰来

五

当身体连着平川，头就显得沉重
双脚离土则除非与大地谐振，像飞翔的双翼
拉起大块的皱褶，并上下支撑勾连四宇
盯梢者，让我混入其间，像滴水汇入河流
却在反向之远方一眼认出自己
自我盯梢，回身的箭矢退向高处

看啊，一只蚂蚁当然走不出它的队伍
一只鹰，却不等待众鸟给定疆域

2007 年 5 月 3 日

白纸上的线条

题记：有什么在开始之际
　　　　止步，止步中蕴含开始

当我的声音被吸纳，自己也听不见
它们会在另一处旷野排列出来吗？

那金色沙岸的涌浪
一层层，等待大海更深的推怂

白日剧院的座位上人去影留
想着昨夜谢幕还是今晚开锣？

山里孩子无事的喊叫
使寂寥者寂寥，充盈者充盈

时光啊，编出序列
预备下无尽的生活

空白书写纸上的虚线，一道道
为什么引我涉足，又令我惕惧？！

2008 年 4 月 30 日

侧　卧

侧卧在席梦思床，在年龄的深处
把我的心脏窝藏
它不堪四下的追踪
已经有许多气力交给风，让它飘散
许多奔涌返流，抵消时光
那野孩子为石罅土穴而止步
为积草和柔软的念想而彷徨
一些话牵扯、撞击或游离，于天空行走
终归在云中隐匿，溶解自己
而此刻我不愿被我的四肢挟持
让手脚之外的手脚俘虏
当昼夜的时差含糊，秋虫乱了声线
太阳也无力界定晨昏，江湖之帆半起
我卧入船舱，把身体蜷曲
在疯狂意志之下，把我的心脏窝藏
在浪掷的精血之外
——把我的心脏窝藏

2009 年 4 月 18 日

预订一间茅屋

预订一间茅屋,约你来坐坐
你是多年前的我
多年的世事化解了沉疴
月在门边逡巡,想说些什么
树叶筛下的影子还是你和我
对饮不论清浊,借酒何须胆色
鸡鸣掩不住山下灯河
心魔也能唱一首青春的歌
来,从前的事可以省略
未来也不必切磋
你不走我就还活着
哦,凉风推门有谁来入座
夜在深处已然干净了许多

2014 年 1 月 19 日

赋　格（二首）

行窃的三角梅

如何从一个地方向另一个地方膜拜？
我更愿意藏身，在自己的雅室里静卧
尽管双腿总是忙碌，带着躯体前行
那鹿角杜鹃且在深山召唤着游魂⋯⋯
浮云的出走有时就像返回；迁徙一般
归家者，看家在崩塌的日夜把时光聚拢
——在重建中，气力又如同山涧分流
东西各属的门窗啊各书日月！把熏风
请进，须臾送走，无何保留，且把
无声、有声的话（画）语应答
捉襟见肘；又如何分身于两端之景？
一个老宅男，怎能成为拔河的绳索？
试着在智者的世界凭栏而望
候鸟的双翼，归属的是同一方向
人子啊，且为自己筑个现实安身的巢穴
然而住着，却仍居无定所
当餍足时饥饿，在前房后室间流浪
终了能回到孩提巴望时瑰丽的想象？
楼角有三角梅自地面探身向三楼行窃

那花朵是在把新居赞美还是否决?

2015年5月17日

蝴蝶变翼

那僻壤树枝上的毛毛虫,振翅
能飞大洋,能飞云天,穿过波涛汹涌的实境
那叫做蝴蝶的飞行器,在梦中的新乡落脚
复又飞行,在暴雨中趔趄,有许多纠结
一个人足跨东西又如何分身四面?
如何安顿自己在异邦的花丛?
需要多次填写履历,多次转换语种
在色彩变幻的缝隙里藏身,或者调停
复又遭广大气流的劫持而浮沉
飞行时时伴随着放弃,去处格格不入
却必得在天赐的华光下领略风景
把精血交换的什物收入囊中
浪游者惟自离家的远方步入家门
为力乏而返回母亲再造的子宫
除此有什么令你酣睡淋漓雷打不醒?
决意把多年劳顿拧成一滴置于炼金的坩埚
然而住着,却仍居无定所
一只手不时将你从安眠中褫夺
命运啊,却还在窗外打探、等候
伺机把你拽回随波摆荡的孤舟

还有谁在意你遗失的光景?这一生
你唯有自认,以委地的翎羽签下姓名

2015 年 6 月 7 日

二度梅

格斗中,和对手约定,双方都停下来
整理过往和残余的气力,重新开始
沉溺时,同狂流相商,凭我多年呛水
暂许我离开,待我深呼吸,再噬我未迟
……

然而我此番返回,是越过许多页,跳回
册首无字页,乃至封面,去新写姓名
我把箱子内的物事搬移,腾空另用
硬是将每天琐碎,筛出点自珍的香蕊

不能回炉于母亲的子宫,我唯有
生下自己,以歪瓜般的病痛和痴愚
用一甲子忠实于命运的汗水和积垢
塑一个,能看日出日落的六旬儿

那黑影,随你吧,要圆就圆扁就扁
郎家[①]无闲再同你玩,不再给你拉扯我的
机会,就最后给我一榔头,或暗中
使坏吧!我将要洗净初衷取出仅有

就这么装自己在一个新容器之中

165

它可以无限伸展，但只遵从我的眉宇
飓风止于窗，同意念的气流结合
推送我的船，跟随大地的呼吸沉浮

或者，依然在垃圾混杂的冲刷之后
你能从我再度的失败中捡拾一枚清泪

2015 年 8 月 8-9 日

---

① 郎家即福州方言：咱。

就 位

因为做梦,一宿睡不安稳
是白天隐藏的思绪遭梦魇垂钓了吗?
一张卡片写着房号,指示我
去向一处别院寻找住所;那是
分配给我的屋舍,一如母亲分给馍馍

我知道我命中将归位在一个号数
就像电脑编码给定的亿万分之一
然而我必须安放自己在那个位置
天使并不引领你完成该有的步履

我走进一个房间又一房间——此处
早已人满为患,另一搭儿人畜同屋
或者污水湿地,要不有猖獗群鼠
我知道我本该有的已在悄悄离我而去

那仅存而多少让我得以弥补的界属
却在大院近门的一隅保留,就像
坠落于深海中的一颗孤星,微微闪烁
那毗邻黢黑的小屋阳光充满
尘埃亲切地,把我的姓名铺设

2017 年 4 月 30 日

麦　粒

是谁，把一粒麦种植入我的眼睛？
世界蓦然被删削，天空犹如帘子下垂
眼皮红肿，阳光的训诫落在前胸

秋雨从远处归来湿了手心
警觉的云雾列阵，在我面前悄悄成形
一朵隐匿的花窥视到我的内心？

顽固的麦粒肿决意揭开我的面具
一如清风决意撕下昆虫的伪装
人说，你定是没管住那不羁的视觉

大地一如棋盘不时重布
——有谁啊，能分出天空的一角拼图？
视力可如锤？又缘何探向蔚蓝之深井

那落水者踩了不该踩的
我是否因看了不该看的？
麦粒羞愧，惟拒诱的花开向高崖

暖暖的，天宇的一束光拨开眼睑
我受戒的俗身啊却忍不住暗中发颤

2018 年 11 月 30 日

散　步

我们每天重复或偶然想起的
身体像楔子或如漂在水上的床单
意识中的一朵花都可能去向不明

经由学习或与生俱来的步履
似蜻蜓趁暮色尽情做白日之梦
谁说江滨的湿气只落在古人花丛

运动鞋踩过的，眼睛并不捡起
肩膀放下的，双腿也不捎带
谁不愿在骄阳卸力时做一回自己

那杜鹃篱笆沿路蜿蜒，远离南洋杉
似要把牧蝶曲再次奏响
牛仔裤款款蹭过了多出的时光

在对岸，一束蛮横的反光把墨镜
洞穿；那是新楼夸饰的玻璃墙
云团也来不及制止懵懂的夕阳

躲不过的选择一如骨鲠
漫步者啊，是折路而返还是重拾
心情？但愿恍惚中还有新的路径

2018 年 7 月 14 日

莳花刹那

我不知鸽子和大雁如何避开盲区
尤其当暴雨来袭,令它们抬不起眼皮
狂风猛吹,将它们的身体推离
而飞行仍沿着一千公里隐线继续

当我看到阳光的投影也时时偏离
我不知这其实有着亘古不变的轨迹
白鹭一会儿向西,一会儿向东
总脱不开江面的开阔和水下的游鱼

而人在商街无所措手足于——是奢是俭
居家也踌躇于挥汗莳花抑或休憩
江湖之上,逐利的冒险怎不可敬可佩
南山下的悠然,又如何用硝烟诠释?

我不知亡灵能否跨越阴阳两界
尤其当阳光普照,令它们无所遁形
是子孙将先人安置,抑或死者为生人
扶持?堪舆术总需校准方位不可移易

设若结果已定又如何安排一天行止
乏力者啊,黄金持重你是取之不取?

那滑溜蹦跳的胜算你永远握不住——
假如啊,你手中的两张牌难以割舍其一

        2019 年 1 月 16 日

一天里的一个时辰

一天里的一个时辰
我或许能自己做自己的统帅
我读书,或写诗　把
梦折叠起来存放在云中
把妻子、儿子、孙子和其他
与我生命紧密相关的人暂时上锁
——或者说,给他们一个时辰的自由
放她们也做一个时辰的自己
也静静地把箱子内外的人倾听

一天里的一个时辰
我或许能有一次畅快的走神
我追着风,并且把它兜住
用个大布袋装回撒了一地的愣怔
我去向原野,鸟一般飞掠高高的楼层
与高铁赛跑,朝跨海大桥仍下眼睛
谁能说我痴狂,说我好高骛远
我只是把自己一个人还给了
更多的人,更多的谱系和家庭

一天里的一个时辰
不让一场雨打乱我预设的日程

我是要在秒针滴答的间隙里垂钓自己
并从身上削去过多触手和神经
而为了这一个时辰我是否应该妥协？
那更多牺牲的时辰是否能够滋养
一天里这一个时辰？
尽管心中的佛陀花一路开到了山顶
我且提防泥沙，它会把念想的高地抹平

       2019年7月8日

我的水经

水是最好的药。
假如没有水，任何生命都不可能存在。
　　　　　　　　—— F. 巴特曼

一

双目干涩、身重如石的午后
菅芒花戏弄我神经的脆弱
有什么在天外鸣响，訇訇然
似盲者看到一行脚僧在沙漠里跋涉

那干渴似曾相识，如在前世
就把这一生的水喝完
蜥蜴在鸣沙山为我祈祷
一个临水而居的人与水错身

水啊，那缺水者已步入重荫
是否该用糙肤去测量江边的湿润？
你早在他视野的边际等待 N 年
皲裂的唇，如今同你仍咫尺两分

二

梦中依然出现，年少时的清流

那澄澈见底的石潭叫我不明所以
每每借故走向溪畔，如同初遇
如同聆听云深中大师的教诲

为什么，每每涉足这液体的天空
心中便有窃贼一般的惶恐
不知是我绕着她，还是她绕着我
十趾和脚踝犹如接受情欲的亲吻

当，时间像干燥剂将我剥离
让我沿着水脉寻回自己
假如不能像一颗水分子跌出更多的
分子，从前的我，当在断流处消失

三

曾怀疑天上的彩云跟晴空的关系
担心过多的水会把心脏泡软
曾以为奔流入海是痛快的
那红鲑鱼溯源洄游则愚不可及

我只把水当作送食的媒介、行船的
通路，半舀半泼，随饮随吐
常常因错估而未注满一壶
劳作中打了气力的折扣

甚至漠视她在你失火时急急敲门
告诉你人类先祖——鱼的遗训：
草临水而生便丰美修纤

人若体液充足便高大英俊

四

曾经，噩梦烤焦我的筋骨
从眉梢低落的水，就像我的泪
我是遭受冲决而遗弃的沉渣
在历史的册页里被删削涂写？

身体被谁凿出漏水的池子？
如同远处山峰撕扯的云
我从水里来，却为寻水而跛行
圣人称之为逝者啊，而今尤甚

水啊，我其实从未沉溺，却早已
远离；眼前路能引我终将你放弃？
不知水中鱼能否垂钓空中鸟，如今
我只在大无畏的世界里恐惧自己

五

从山经、海经里析出，"水者，
地之血气"，渗入骨骼和经络
即便我已变成一只不可饶恕的狗
她也从我身内带走那，水妖的魔咒

是谁把人的话语濡湿？
水激活细胞，使气运行
当我抬起手臂，便醍醐灌顶
水蒸发出眼前清明

水啊,并无乔饰

没有什么比她更谦逊

她在风与无风中流来,也流去

穿行于日月,却总往低处使暗劲

六

谁说女人是水做的?

她对男人一样成就!

我啊,这就去将她的性别抹平

在炎夏,在把阳光折叠的江渚午后

俯首查看,那透明的碧玉辉耀金光

我便领悟:水是阳光的变身

是天神的中军帐派出的使者

人子在一次又一次迎接她之后授勋

而你,能在小路的穿行中拒绝乱枝

在眼眸的款步中拒绝蚊蝇……

但你不能离开她造就的湿地

又岂能无视先人备下了盛水木桶

七

那让我看见或看不见、认识和

不认识的、不仅为生物意义的水

在草梗,在树内,在鸟翅里

在云层,也在飞行器的预想中

哦，于今她在我思绪的这一端
更在那一端；在我最终要登上的峰顶
我必须沿着每一日的杯口自我挽救
请那血管清道夫不眠不休

假如我还缺少她就堕入乌龟的绝望
再不充分拥有则更甚于蝼蚁的目盲
我能猫着腰，左奔右突？
水啊，她仍缓缓地，让你伸手可触！

2019 年 3 月 23-25 日

断　句

一

季节变换之初，风吹得人头晕
尚未成型的思想微微摇晃

二

那孩童最大的敌人是谁
他为何召唤英雄与怪兽合体？

三

写诗为了矫正自己，相对于
反诗的日子，清洗蓝天的污渍

四

新生儿，刚刚去向人间的小生命
是要刷新而推平父辈的缺失吗？

五

你需要在高处风干一株人参
同那些迷乱的心思一起下到酒里

六

当三角梅在乌蔹莓的覆盖下挣扎

她往昔的强盛留在唇舌间

七

主妇惟以三餐凝聚家人
其日复一日堪比海的潮涌

八

乐音响起时清风吹过眉际
你是否从尘嚣的江湖返回耳鼓？

九

那石俑在圣人的墓前伫立千年
你或可在微信中接收它的言语

十

这年头我们还流泪吗？但那
晶莹或浑浊已都来自不同的泉眼

十一

无人处你些许看清自己
但愿你惊诧的是肖像的正面

十二

恍惚间，高铁疾速压缩的时日
你能否在终站一一翻检？

2020 年 10 月 8 日

蒲公英的告白

你跟我一样有毛茸茸的绒花
她们一样是带絮状的"降落伞"
然而你的冠毛裹携的草籽更小
小到可以沾着人的鞋底、衣服、车轮
去到风，到得到不得的地方

我本以为你跟我一样属于菊科菊目
所以我爱你，想着有你做伴真好
你的名字紫茎泽兰也跟我一样美
感谢上苍在恍惚间造就了我们的相似

我本有停不了的爱；可是
我竟颠顸，打盹的星空旋转出魅影
大地上的事便如掉链的剧情
一面坚强的盾，不知何时已被穿心

好意让你共享蓝天和沃土
这片开阔的坡地胜似仙女遗纱
未曾想你步步进逼踩踏我的根系
挤占我的身心置我于死地

你的子孙组成庞大战阵铺天盖地

向上散发暗含的闷臭令人窒息
向下蚀骨吸髓把土地神也绞杀
我啊，是在不知不觉间把自己献祭

紫茎泽兰你这美丽的杀手
人称霸王草的你看似柔弱无比
太阳也愣怔于你的置换术！当初我
让出一寸土就让出了一个世界

        2020 年 7 月 3 日

倒影之辨

一

一个人为何要重复自己？
是出自惰性还是坚持？
而　举起自己的矛——
刺向自己的盾又如何？只有
上天知道，人字的两笔如此写成！

二

蓝天倒映在水中依然是蓝天
尽管面目业已相反；只有风
乱了左右不时把水面翻动
那临水自照的人又是谁
他要把什么除去还是取回？

三

顽童对着镜子与自己厮杀
他是想象还是知晓镜中那厮
就是敌人？任谁都得祈求
神力的眷顾，在重听的耳朵里
也要把邦国的边界细闻

四

母亲只给了一具小小肉身

是那些草芥、石头和闲言碎语

裹我如粽；风也犹如刻刀，雕出

骨骼和神经，以及皮肤的毛孔

我看到，泥团是用溶解自己的水来捏成

五

别说那山，本就具备嶙峋之状

"我能让人认得出来就是好样"

其实你常常在烟火中摸不着鼻子

言语间把自己说成了另一个人；又

怎知，溪流跌向那危崖才有瀑布的命名

六

有谁在人世间的步履并不滞窘？

大鹏展翅又如何到达苍穹之巅？

蜗居里我不时留心窗外动静

迷离的双眼也常常远眺山外的风尘

除此之外我还不能不在人群里验明自身

七

跋涉中的背包客低头饮水时看见孤狼的

面孔。他其实希望自己混迹在狼群中

但屈尊于兽类中的人还是人吗？

他是否在夜深人静时为自己赎身？

权宜之计兴许就是万劫不复的陷阱！

八

旧军旅中弃暗投明的人怕遇拦路虎
在来时的路上埋下了犹豫
所说的话被月光下的黑暗搜走
迎着朝阳他深知得保持沉默；两面人，
只有在血与火中把其中的一面抛弃

九

有时一道细细的水流让你颇费斟酌：
希图跨越审判又如何不湿了鞋？
锚铢在秤杆上只有自己来校准
一丝丝念头就足够使天平即刻倾斜
呜呼，无间地狱会让你踌躇在黑白的两界

十

最怕是跌入深渊也还懵圈不醒
错把泥淖当作育花的沤肥
酒气冲天的人说自己不是醉鬼
撒泼霸凌者的底气是没有犯罪
满屋子大钞的日子又如何悲催……

十一

只有行者和使徒暗中与自己较劲
虚弱的人，病榻上也细数阳光的脚步
想做自恋的那耳喀索斯须得足够完美
否则就请离开水面去寻求炼金术
当夜幕降临，你得自树梢加入挑灯的队伍

2021 年 4 月 21 日

领　路

据说山魈在黄昏会领你去向山麓
迷糊中，你的口鼻和灵魂被填满沙土
当山风和亲人把你从地狱的路口
唤醒，你能否找到回家的心路？

曾经，一只蝴蝶领我登向深山宝刹
蓦然一阵钟声醒我于昏聩之中
蝴蝶在夤夜的暴雨中飞往佛国
我则于晓雾散尽时开启光明人生

是头雁在苍茫旅途把群雁引领
人字形的雁阵如尖刀足以破云
但鹰隼扑击于天，狐狸埋伏于地
孤雁在梦中落单，也唯有叫声凄厉

当我老态初现，仍相对于弱者为健
离枝黄叶才真正把落地之枯同情
可当我自告奋勇，却也无限犹豫——
要领人去的处所模糊在彼此眼中

归心向晚，失信犹如余晖突隐的一瞬
人啊，破袋似的忠诚输给了导盲犬

未领到位，我竟抽身像列车变轨
猛回头，只见那白发老妪失神的目光
透着畏惧……

该有谁，再次引领我漫步向璀璨夜空
免得我，又失足成一闪即逝的流星

2021 年 9 月 27 日

飞 行

这一回倒过来,从上往下看
山变得如此谦卑,水则羞涩
……楼房失去了搭积木般的雄奇
更像天鸡下蛋——不,
是宛如天庭丢落的木屐

想起小时被大人高高抛起,惊觉
渺小的不是大地,而是
凌空蹈虚的自己

2021 年 7 月 30 日

置换的视觉

芭蕉林和龙眼树分割又补充了清晨
是剩余的湿地,延长了你的记忆
灰蒙蒙的天,有几只白鹭装点了江面
离群的一只逆向而飞,终究返回鸟群

那一派黄色的决明花果然助力
她们悄悄改写着你内心的长文
空气的笤帚也让你不再惊悸
一双长筷子,已夹去梦中的囊虫

不知你散步的眼睛圈出了多大范围
吸收废气的细叶萼距花,也为你预备了
一天的心情。别再在鸟粪下踟蹰
当你的意念闪烁,历史翻过了一页

就再度相信吧,相信所见为真
一如破云的日光刺激你的汗腺;相信
路边作业中的清污车不会让你腿折
风景既能行走,你又何必迁居!

2020 年 10 月 14 日

临水黄昏

假如内心进驻了一只小小蚂蚁
你或许连温顺的母牛也畏惧三分
日头藏掖,夕照涂黑了江渚湿地
那只鸟何错之有?是石子让她惊飞

想让一点点温度撬翻阴冷
初衷虽好却如同行云的天气
因为遭人斥责,你便自我怀疑
无端等待晚风,来给白天下个定论

假如小树林足够包裹睡眠
山脚下的屋子,并不等月下叩门
设若湖底一如海床的平原缓缓
绿水或将笃定,罡风也激不起波澜

想让一点点意志存入能量的扑满
你当如寒鸦拒绝对石罅的恐惧
君不见漂移的自信植入长河之沃土
马鞭草那般细弱也举起硕大的花团

你不必从旁人的眼中检视自己
鹰隼它并不在水洼之上验证羽翼

2020 年 10 月 20 日

歌　唱

在一棵大树之下呼吸、叹息，试着
放声，试着哼出一段歌曲——试着
唱出一支歌，从肚里、脚下，从树的
根部吸气，吸入山川时序，拔踵——
灌顶，行过血管，就像金龟子突然展翅

面朝近野和远穹，打开上腭和下颌
打开胸腔、咽喉和鼻窦，打开天灵盖
喝下清风和朗月、云絮和大空
并无阻滞，没有恼人的忘却和迟疑
没有羞涩的怯场、追光灯的趔趄

在持久的或瞬间冲动时放歌；在
长期蕴蓄或蓦然充满的心气下咏叹
比雀鸟自在，比号哭和畅笑更形无忌
比寂静还显寂静，胜过河床的落差
如同阳光无可争议地刺破云层

在一棵大树之下呼吸、叹息，试着
放歌，试着挥动如诗的两臂——当你
觉得，有什么同自己的细胞合成一体

2011 年 7 月 18 日

辑五

你和我

失 母

当有人问我，我说：
我的母亲比我年轻
造物看到她不该早逝
就将她余下的生命加诸我身

如今啊，我无时无刻不挽着母亲
我的思想是和她对谈
开口时则有两种嗓音
目光也是两股夹缠

遇事我随时和妈妈探讨
有相同的褒贬也不免争吵
从不生气的是妈妈的胸怀
为儿每每在妈的面前撒娇

母子的默契直至彼此不分
岁月又将我削成了独自一人
当我行过了好长一段路
终于遍寻不回母亲的荒冢

当有人问我，我说：
我的母亲比我年轻

造物看到她不该早逝

就将她余下的生命加诸我身

2006 年 7 月 8 日

哭父三叠

一

抬你的担架像一把刀，切开时间
你取走了属于你的那一半
这不是你的错——
你把饱嗝，把酒香、苏醒时的懒腰

把情欲和私心——丢给了你的子嗣
因为你原本属于另一国度、另一品种
你也饮酒，是为了解乏而非发嗲
你也徇私，是把你的味觉深酵
你走了，带走你的认知和属性
你的灯，你的车与河流
你走了，就关闭了一扇大门，就放走了
一池清水，毁掉了一张寻宝图
就把我们永远地抛在了襁褓之中

二

父亲，你的名字后面带着括号
在你的死亡证明书上，那括号里的字
空着，像你深藏不露的"遗产"
令人怀疑，也充满了深意
它应该由谁来填写？那括号如此

巨大，仿佛天空的边界，如海岸
有浪在辟剥作响，有鱼群在
看不见的地方逍遥，有风
沿着海湾吹出了层叠的色泽
父亲，你的括号留下了悬案
在你身后，该由谁来填写？
那括号像个等待，没有封锁
是什么在其外，又是什么在其中？

三

父亲，你走了
有许多好邻居我们没通知
照你的性格，不愿拿自己永远的休息
牺牲他人短暂的休息
直到天堂门口你也会卸掉他们最后
相送的目光，把众人的托付裹紧

父亲，你走了
你的存在或不存在又如何表述
当有一天旧邻居们相问：
阿木师傅最近可好？在病房还是在家？
我会不知所措
我又该如何作答？！

2008 年 7 月 15-19 日
时岳父甫与世长辞

抛 荒

朋友好久不见
却突然在电视上出现
他的面目模糊,让我不敢辨认
岁月在彼此间堆了那么多骸骨!

朋友改了行当,而我景况依然
本来就不羡慕,又怎能嫉妒?
鱼的自在并不仰视空中飞鸟
我仅蹲踞一角默默为他祝福

拂去人际的灰尘我只是愧疚
四目搭建的梦屋需要修补
引来掘墓人的是自己的死亡
我惊觉乌鸦的提问:是何处抛荒?

2005 年 7 月 7 日

父亲的岛

当我们去向父亲的岛,发现
那许多存留像新生的蘑菇
会觉得心绪有些不可捉摸吗?

像浪中的船难以驾驭。父亲
躲在烟卷后如礁石,如水中海藻
岸上的父亲是他翻过的每页日历?

他甚至并不期待我们阅读
仅如影子般游移,在我们行走之地
与我们擦肩,又是谁将他隐匿?

而他只将岛抻开,等待云中的母亲
降临,或者飘过,像鸟低飞、盘旋
谁能珍视那些新生的蘑菇?

献给父亲的场面是如此草率
父亲依然沉默,是剑麻割开了伪装
蛇行交叉的足印还等待风来清洗

风啊——
我们是要感叹父亲还是自己?

2006 年 11 月 4 日

睫 毛

天生的长睫毛像成排的道具
随音乐起伏,随自身韵律翕张
它们在舞台后区,是条形叶
或扇形贝,配合着剧情的转换

其实我不想说那是池边柳
抑或枝叶间筛下的阳光……
不过它们所提示总非恶意或衰败
哪怕时间蓄力,在那上面滑翔

在一旁说出的总是另一些事物
比如水的浅紫或深蓝
当粗心人也猛然为惊艳而驻足
它们边框一般张着,以
　　行礼的身姿奉献

围拢之下的珍奇:来自迅流和迷彩
神经的弹跳和血的冲撞……
当它们俯身下来如茅草屋檐——
　　止住的咳嗽
那是一种美,教人把身体轻放

2006 年 11 月 21 日

惊　艳

那时我们在岭下等候，远山清明
湖光画你的脸，温润如处子
发丝水草般分解了我的视线
而我声色不露，心下回应天空的湛蓝

在奇峰展出窈窕身形之时
我把你的秀脸安放在那高处显影
你的沉默恰好调准了两造的和弦
像一只鸟倏忽而至，悄然把季节抚平

如果你不言语，我心知什么在映射
我们之间的空气不会龟裂、颤晃
护着我双眸的披风不会滑脱

如果你不说话，秋虫会增加一个高度
会把散失的意境补裰，在清风里唱歌
载我们观景的车也将不论世事沉浮

2008 年 1 月 12 日

困倦者

在幽深的峡谷，高大的乌桕
和苦楝树下行进的游客
把红色和绿色的空气置换，把
呼吸——深入到阴阳的边界

休闲的汗水中，身体继续做功
困倦者，将时光扑倒于臀下
被他坐住的是滑溜不驯的浮生

山雀飞来啄他手中残食
困倦者，平日里喂养了许多美梦
七尺之躯却抵押给噬魂的蝼蚁

前方无人等候，旅行包则静立
周公提前来为他打更，并且
为他备下了九十九重睡眠——
会在无边黑暗的关口催他醒觉？

2008 年 3 月 15 日

下楼的女孩

下楼的女孩，
　　走着楼梯
　　　　不紧不慢，
　　　　　　不是此楼住户
　　　　　　　　——常住
　　　　　　或暂住——下楼的女孩
　　　　　　　　着露脐装和牛仔裤
　　　　　　　　　　没有在意，谁的关注

下楼的女孩
　　走着楼梯
　　　没有在意
　　　　自己的身姿
　　　　　　下楼的女孩
　　　　独自下楼，走着楼梯
　　　　　　　　不见冷清
　　　　　　白色衫无袖而露脐
　　　　　　　　没有在意，身边的事物

下楼的女孩
　　走着楼梯
　　　不背倩仔包也

不挂酷手机
　　下楼的女孩
　谁家访客，所来
　　何事？不必求知
　　　下楼的女孩
　　手拎提袋，已不沉实
　　　——此处颇费思索

　　　　　　　2001 年 9 月 26 日

花与少年

高高的木棉，在天空写下誓言
随风落下的，是硕大的血滴
在春阳还那般暧昧的季节里
英雄的血就把草地或裸土覆盖了

滴血遭践踏于泥泞，于麻木的心
孩子捡那鲜艳的，把英雄请回家
以塑料盆供奉，用喷水壶和爱轻洒
英雄居然把血色保留了，使
苍凉的家不那么灰白，使
蒙尘的假花更形黯然而颓败

树下，多少离眶的血眼仍掷地有声
不知那孩子的英雄梦能持续多久
谁愿想：朝晖是在强化中渐渐消退？

2021 年 3 月 25 日

问　路

那年轻女孩一身制服叫着大叔，从
共享单车上下来轻盈如燕

大叔谨防推销者却不失热络
天边的一朵云飘来江面实无过错

手机中点出的图像清晰——
蓬勃生长的花不必如姑娘般羞涩

女孩如此这般询问，大叔头次遇见
可花在何处又为何与人缘悭一面？

不该在这个时辰独自踏青；是
姐妹们摄下的花影摄住了她的心魂

却原来她是在上班中段溜出来赏花
口中呼出的热气点燃了大叔的心火

姑娘未获得预想答案悻悻而去
大叔却伸长了颈脖想唱一支歌

在湿地公园的绿树环抱中果有一片

花海，毋宁是藏在大地的胸怀

无需犹豫，所见不爱也难；那
名叫黄秋英的花以阵势克服矜持

又何尝是女孩向大叔问路？
分明是娇花为衰草指点了迷津！

2021 年 5 月 19 日

戴红帽的老头儿

那老头儿着土黄色外套,就像试着把土
覆在自己身上,堆在——儿孙的视域内

但是他戴着红色的贝雷帽,犹如
曾孙眼里的气球或风车,以及年轻时
显露给恋人的暗语、青春激情的表示

他因此而横持手杖,并不用它来助行
贝雷帽挺直了老头儿的腰,并且
增添了,他在小区里蹒跚的步数

摘下常戴的墨镜,袒露真实面目
贝雷帽成为新的标识,而红色
是对绿色的动员和号令

当树枝和草叶随风摆动,那圆柔的
贝雷帽,为何就像莽林中尖锐的兽角?!

2021 年 3 月 27 日

诗人和蝙蝠
——致诗人蔡其矫

当夕阳收回余光的瞬间
一个探子掠过天幕,像天庭
落下的枯枝,倏忽消逝
甚至无关乎听觉,无关乎谁的目击

在人间深层,意识的盲点
仿佛重叠于眼下城池的另一世界
身体倒挂着相互依存,相互蓄力
谁来扰乱?一支军队就像是一个警觉

是黑色信号传递,令之动如闪电
悄然中,出击的快意铺天盖地
无限长的双翅如撕开的伞……
——是你
更自由的魂,宜用箫来指挥它们

拍打那不夜之城,从梦到梦
弹指间猎取妄念,植一片洞中蘑菇
用于醒目,用于辨识多变的面相
什么行藏能把那许多真伪吞吐?

在摩天楼群中谁能说出它们的来历?

只有猫能看见那如影的飞行
并非嗜黑一族，只因光之虚泛
使人无视，使人滥用和轻慢

夜之精灵，只有箫能让它们服从

2008 年 4 月 27 日

读《断片与骊歌》
——致宋琳

那是我的兄弟,从远方看见自己
我从他语气的末梢返回,重拾栗果
在烟熏尘染的窗台上唱歌
夕阳已完全隐没,并无高楼夹持的
红火;省去首尾和边角的小说打开
幸福借着阅读中断而陡升
——眼前市廛的章节凌乱
明天或后天的争执出自今天
新型垃圾车能把我心的废料清走?
又该在筋骨的何处留下深沟?
不如捡回冷雨之夜在暖气房中
霓虹街灯早忘却了孤檠的凄绝
妻女的柔情一如映照灰发的明镜
所愿悬荡如游丝,在风中逗引
怕只怕荧屏闪烁,血案夜夜上演
在梦中,把仅存的惊惧抹平
兄弟啊,外婆的催眠曲还为你赶猫
而我得提防属相的羊坠入草丛

2011 年 9 月 22 日

谛 听

——致宋瑾

雄浑的是海啸,清丽的是山吟
对牛的吆喝伴随沙沙的雨声
你惊艳于红日高塬赤裸的真假嗓
复又沉醉向流水琤琮和瀑布的轰鸣
……

从巴赫的康塔塔①中领略闪耀的
晨星,准备好灵魂去向世界发问;
从来自地底的声音感受诗意的凄美
那舒伯特的未完成②是维纳斯的完成
……

哦,人耳的构造是神的创造吗;
它是否也设计了全部悦耳的发声?
上苍并非拢总期待世人的琴才歌艺吧,
除此有什么密道方可通达天听?

这世界的美声或噪音岂能一一罗列
你就像儿时筛选豆子那样去芜存菁
翻开典籍的一页夹入蜕皮的两片
那橡皮泥一般进入隧洞的音虫还得
　　还原再拉伸

君不见凌空而飞的机器鸟也有着
众鸟的属性；谁说鸭母听雷就不能
欢欣于牧童的笛声！也许有声更在
无声中，那么，咱就不妨以人养乐，
　也以乐养人

2021 年 8 月 12 日

----

①康塔塔（cantata），最早起源于意大利，是巴洛克时期的一种重要的声乐体裁。

②指舒伯特《未完成交响曲》。

梦　母

向着一切可能之地，避开雷暴
祈盼上天的使者伸出云之手；而
我梦的双足到不了分属两界的塔楼
母亲她不会在任意成行的地方等候

在我颠沛之年因为风的缘故
因饥渴，总试着忘却旧梦和软弱
爬过西面的大山，或竟涉过北流的小河
熟悉了陌生之城，再去个期待的村落

当我的这一天不像另一天
我松开的左拳背叛了还算坚定的右拳
当我被木雕门窗也被合金窗所吸引
胯下之马是那样驻足四顾不能向前

那无名花于我小憩时绽开魅惑
美在怎样的高地分出高贵和邪恶？
试图把灰文鸟放归远山和绿林
檐下空巢，为何又伺机关进金丝雀？

去向未竟之地，找回出生前的地址
母亲的肚腩是否画定我行路的长短？

该选下天穹的一处敲破一个孔
让万千发丝朝向那神光之一线

可我难以收拾散乱的过往，因痴恋
把水和火都看作人生的飨宴
不同是轮回像蛱蝶交替着美和丑
失母者啊，有一张无弦琴在空空地
　为我弹奏

2015 年 4 月 5 日

飞 花

一

我们在床上——不,在船上;在
一朵花形的船上,飘行在绿色的空气中
我们躺在靠近花心的花瓣上
各抱住一根花蕊,不被馨香所排挤
扯起亲族的帆,拉过拌嘴的绳索
在远近往返的途程中,梦是有驿站的
我们在各自出走的终点猎回自己交予对方
风刮来时稳住阵脚顺势滑翔
这船啊,并非是浮艳拒收的礼品
它穿行在光电中,在互射的目光与气味间
躲过飞虫和爬虫就像躲过诬枉的碎语
来吧,我们宜在暗中执手,相互溶解
假如圈起这小小世界又何须关灯?
棉被一般的律令,在爱的运动中舒卷

二

花为床,谁又能把花当作房子,在
以梦为船的动静中把自己端走?
依然是心照不宣的情人——我们
并没有在何处存记的账单上被勾销
金婚或者银婚,并非云雾裹挟的定向
我们毋宁是沿着彼此神经线路浪游的人

我在你的窝巢里安顿，你在我的行包内
栖身，没有什么契约要在花瓣下签订
只要空气不空，水不变硬，
说什么都不过分，说什么又都显多余
年岁不被时间风干，生活只因生活的真实
你永远高举的是自己的旗帜，是花的
授予。当你在花动时醒悟河流的久远
两个单人的动作就像树杈一般延伸

三

我们在船上——不，在床上，在
花之迷香熏蒸的床上，被风所托举
床长出翅膀，升到云层中，也使爱晕眩
河流常常离我们很远以至模糊，为浮光所替代
使船搁浅，花走样，使我们目盲
当太阳每日幻化，期待于暗中绽放光芒
黑夜的遮蔽也使两张脸为他者所置换
言语成为逆向风，爱也马失前蹄
无休无止的身形和颜面如藤弯曲
埋首衣食的人，眼神分不出余光
又何处把天空和思绪的重门想象？
结痂的日子如何还原？花又如何回到枝上
回到枕边吐蕊在耳道里生长？
花形船啊，是在晃动并且旋转中验明正身

2011 年 7 月 15-18 日

画

一

一只牛，在娃娃的画纸上
沿着绿色的坡顶拱起肩膀。树
立于其上，枝头开着缤纷的玩具
梯子在山冈的另一面架着
等待霞光，还是无形的攀爬者？

二

一只虎，漫步于娃娃的想象
在灌木和石丛间等待过河
橘色的月亮安抚河水；虎腿悠长
就像挽袖下田的农人动作稍缓
橘色的，还有远处奔跑的山峦

三

一个变形机器人突兀在花园中央
手握魔杖和孩子赋予的权柄
它是自主的，抑或听命于操纵？
孩子以口述添加它的智能
飞行器是从孩子的眼睛飞向天空

四

一个老者在孩子的内心
就像地铁穿越城市，穿越
蜂蚁筑起的现实和幻想。另
有一幅画，占着一甲子世事的两端
该由祖孙的哪一个完成？

2020 年 6 月 28 日

春景十四行

——致一位大女孩

对于那人，你不知道的是自己
就像眼睛朝上的睡莲看不到脚跟
晶亮如月，也得把面影搁水里清洗
照镜要看能否照到你的内心

假如要一探此情此意的真假
就得从你欲言又止的地方顺藤摸瓜
假如通往那人的九十九道门上了锁
密钥就藏在你九十九重山中的草窠

浓雾里寻花，必相信花的存在
你奔向院墙外，或仅仅擦肩
坚定中也犹豫，因为无从分辨；
你未知云的高度取决于大地的胸怀

水啊，漂浮在天空终须落脚；
充实的燃气管定能打出艳丽的火苗

2021 年 9 月 6 日

楼宇新词

那无知幼童自梦中醒来，
要爷爷取那长箫来吹
老者不免犹豫，贪夜吹箫犹如
幽冥意境，一缕细风搅扰
人和鸟的安宁

拧不过孙儿的坚执
遂有低低一声箫音响起
犹如空谷佳人的一声叹息
白云观里老道的咳嗽
桃园村中寻梦的婴啼

哦不，那迟疑的箫声探步
是为把反复说的故事重续
海自远方以螺腔接应
树枝上一滴久久悬吊的水
坠落，破静一如新词

2020 年 8 月 30 日

农事新编

就在那些随处可去的地方
相信我所见不是幻觉
她们似草不是草
似树不是树
她们的茎身婀娜如细柳
她们的花脸温润像脂玉

我选择其中的一株带回家
不曾想她变成个瓷塑般的女人
她肯做我的妻子,就像
窗台上的花愿做我的情人
清早一同被鸟鸣醉醒
晚间一道以月光文身

不知何时我俩的对视渐渐模糊
相互传递的声线被什么隔阻
婚房如惊涛中的破船倾摇裂响
碗碟环飞,像失控的刀枪自舞
天明,我化身成逃逸的烟缕
入夜,她显形为僵挺的枯枝

仿佛有只魔手掏空了被褥和躯体

细思并无棉白和血红居中填实
——任凭那穿心箭越窗而去吗?
哦不!我得去问问那个农夫:
究竟是他的植株出了问题
还是我压根就不谙农事

2021 年 8 月 26 日

辑六

风尘叹

生死场

一

不曾想，生死簿突遭涂改
属于你的时间扭曲；车到
尽头，来不及规划后半程的日子
阿嬷说过，病啊，就是运气不好

悲哀莫过于风向的欺骗、身体的
叛逃。但请相信你曾拥有过的
不会在梦中飘散、在眼瞳里消失
你的句号将变成世界长长的省略号……

二

你本计划到巴厘岛或者尼亚玛岛
阿公说过，度假是今人寿命的加法
可你却逆行跟死神照面，以爱
为刀，割掉自己的一天又一天

白色盔甲并未能保全你的时日
你深知悬崖上的钢丝会挣断在某一刻
然而医患之间是另一道算式：

病魔它，夺走你一个会留下许多个

2020 年 3 月 27 日

神经外科所见

无论如何,你不能让脑部受伤
在你昏迷之前,你本该努力护住大脑
在你倒下之前,你合当双手捧住灵魂
是谁让你的心魄走丢,在夜深人不静之时?
你原本好强原本是自己的主宰
就像窗户外的三角梅一路灿烂无需人照料
你从自己的生死簿上抹去了一段时日
给爱你的人们撒下一行生活的休止符
但愿你只是一时顽皮离家出走
短暂失控,自我放逐到梦境的边缘
看看周遭之外的风景,再乘太阳车返回
但愿你没让医治你的大夫太为难
你那荒芜的心田还能再长回期许的瓜果
你听,母亲秉持上苍旨意不停呼唤
父亲对你喃喃耳语如同为自己纠错
——声声如对婴儿,如对神父告解
儿啊,你不该让母亲纵容你身心两分
不该让父亲气极失语如石头般发愣
你的大脑,那生命最高司令部缘何
瘫痪,因何弃你年轻身躯于不顾?!
你的四肢怎么了?怎能不接受任何指令?!
哦,指令呢?指令在遥遥爪哇国里沉睡了吗

在过河时不慎落水,或者迷恋水中倒影?
于来去之间心猿意马或如电脑宕机?
年轻人偶尔迷失无关紧要,你却不能
就此不醒,就此跟缺脑子的低等生物为伍
来,你来,就此打住,把自己唤醒
自漂移的茫茫宇宙间把脑袋找回
把管自己灵魂的那一口气召回吧!
是人就不能没有脑,不能没有魂
魂之归来兮,脑之重建兮!
你啊,你该上下而求索
在这个动力加倍提升而神智更趋
萎靡的时月,赶上那撞你的华壁,那撵你的
豪车、疲劳你的车轮战术熏昏你的美酒
去把自己追回,你将上下而求索……

2016 年 4 月 13 日

晨　见

大清早，一人在窗前
对着窗外的绿色搔头皮

他搔了又搔，搔了又搔
搔了又搔，搔了又搔……

要把一年三百六十天重新搔出个顺序
要把三千烦恼丝逐根逐根薅除

那头壳上长的为何不是树和草
那头颅内的奇痒岂可为他人道

他搔了又搔，搔了又搔
搔了又搔，搔了又搔……

2016 年 5 月 24 日

邻　居

花树葳蕤的园子
那是一处私宅
有人伺候草木

主人在绿色掩映的深处
辟出方寸独自经营
——他并非莳花弄草的能手

他老了
才为自己栽种日月？

2016 年 5 月 26 日

病美人

那病了几天的人不敢走出阳台
春天里寒风依然劲吹
遂想起大前天园子里的番石榴树
去冬的老叶还留在枝上,誓与嫩叶共争辉
一如光细细描出老妇的新眉。而老太阳
尚有些羞涩,睁眼时,尚有些瞌睡
树荫下路面干了又湿,湿了又干
患者之心,四季压缩于短短几日;
还是迷糊中的幻觉成为一年的预演?

未受深解的倦怠,何称其美?

2017 年 4 月 11 日

病　毒

它来到人类中间，目空一切
只有疯子等待它的"君临"
只有暴徒跟随它的利爪

魔鬼中的饕餮，选了这一个又
那一个，在人的身体中潜伏
取人的性命像抖一件衬衫
有时从你的神经中枢进入
毁坏你的记忆和语言
抑或让你的心就范，成为它的
海盗船，血液化作死亡之海

你常以为一己俗身百毒不侵
自信能越过险峰，于云层之上高蹈
——而它就藏在你的呼吸中哂笑

一如云中鸟，属灵者也难免迷航
分叉处，该警惕沦为无智的绵羊

2020 年 3 月 20 日

避 疫

当我们无法出门,才觉出,家的形状
此时它成为一条船,在梦的海洋行驶
帆始终揽着风,把人生故事向前推演
肉体系着灵魂的气球在浪中起落
眼睛依然环顾四周,并向
水中遨游的人行注目礼

当我们成为宅男宅女,才留恋
外出的日子;天涯成为家的边界
端坐如太师椅的山化为慈祥的家翁
森林中女妖成群是温柔的姊妹
云作窗帘,月亮张一面镜子
照出我污垢的颜面

2020 年 2 月 3 日

宅　居

因为一场疫病，疾驰的车抛锚
接受时光的维修。
正好，你需要慢下来，等待灵魂

平日里搁置的，如今重拾
像捡起儿时遗漏
阳光晒入洞房，吹响人生号角

回几封电邮给不常见的人
再清洗留在衣服上多年的顽渍
几页蒙尘的书，恰能重新启读

而破碎的睡眠还得补缀
宁谧则从远方接续。拆换的
心思，使老去的天空得以回身

2020 年 2 月 5 日

真　相

我在梦中遇到
真相如鱼跃起，似幻
犹真，从脑海直抵心门

我从某人的舌尖听闻
他背对着我
真相在他转身时滑倒了

我寻宝一般捡拾
在崎岖的路上捧起
真相教谁的魔法偷换了

还有一声声的吼叫
让真相战栗、抱屈
她站在无形的门外哭泣

流浪的真相，踉跄着
不知向何处栖身
我啊，可有辨识她的眼力？

2020 年 4 月 30 日

弯　腰

很久没有弯腰了，就像很久没有跳跃
我弯腰，对着初醒的日光，对着满屋
尘灰，就像三十年前对着
吐露情丝的姑娘
吻那玉手

很久没有弯腰了，就像很久没有呼喊
我弯腰，面向夏日的热风，面向满地
碎屑，仿佛四十年前，拾粪
为生的邻居大爷
蹭我污垢

从前的大叔如今的大爷教我弯腰，如同畚箕的
长柄，那光洁溜溜的弯头像他的眼神
我弯腰，为自家新装屋的清理
大爷则在远方孤苦一生
喂着土地

我弯腰，折断手中的小铲和时光
让头折向双足抑或相反？
挺不直的脊梁颤栗
因为常年端坐

和蹉跎

我弯腰,行礼如仪,为了谁?上
帝啊,我该为那洋紫荆下的毛虫而折腰?

2012 年 6 月 9 日

在家回想乘车与过街

草莓在鲜嫩时打赌,看谁在盘中更为持久
康乃馨则在花瓶下悄悄退场。她们
没有争执,没有挤开它枝的卷叶
我不知她们有谁在时间的摆动中偷窃
而公车上有人满脸善意,暗藏利刃
割开的是衣袋也是孩童的眼睛
当春风拂煦,我不接受一记耳光!
但虐杀者着实预测了旁人的颈项
听吧,我心如此恐惧——如此缺乏块垒:
当得道者从高崖跃下以身饲虎
谁又能在低处把自己劫掠?
但熟果下坠,仁慈同怨恨相互否决
日后你只会把尊严看得更紧
回家路上,当我再次避开目盲的歌者
上帝啊,他所乞讨莫不是遗失的我?

2014 年 3 月 18 日

邀 你

邀你前来,不为什么,只为梦中约定
邀你离开原地,离开不舍的惯性
邀你吃酒、唱歌,在无人之地行酒令
邀你脱衣入水,跟鱼做个近邻
邀你在行道树下乱走,对着阴沟吐口痰
邀你看船上有人更衣,堤上有人骂娘
黄昏人家的猫提早步过梦中的屋顶
邀你光顾路边的货摊,姜太公手挽着清醒
时髦女有意无意在招惹路人的眼睛
邀你避开那许多吆喝许多夺命骗局和暗语
许多戒惧和揪心、夜半的思忖
没有人能褫夺你做一次短暂的飞行
邀你散开头发和脑筋,向鸟做一次咨询
邀你卧石而曝,手拈花梗,闭目塞听
邀你沙地上掏个洞,再塑个兔五官头
拍拍手起身,不必向儿童致敬
做什么倒带式的远征?
邀你跳个踢踏舞,再发个痴汉怔
愣是给那些遗漏的时光打补丁
没人将你鼓惑,也无须对你下令
心原的版图上你仍是个浪游的人
邀你揽月对镜,抱个圆就像抱个零

邀你走下几级台阶，把自己破布般熨平
顺便测一测还敏感与否的神经……邀你
邀你，不因何如，只为翻出新的土层

2015 年 4 月 12 日

复　元

艳红把我烫伤
起泡的部位皮肤渐渐脱离肉体
——不，是渐渐脱离心神

你用绿色芦荟胶为我涂抹
——不，是以素净为药
奇迹般，叛逃的浮皮渐渐熨帖
如初

2016 年 5 月 16 日

阳　台

在居室和园林之间过渡
阳台——我另一个呼吸器

儿子把网购的折叠式床板立于阳台
那进口木料的气味必须消散

户外的三角梅盛开
花枝探入栏杆似乎对我嘲弄

就像一块彩绘古朴的碗，我不知
该让它盛食，抑或向艺术品晋升

花期苦短，终究得把盈门美艳辜负
要么即刻动手，将那遮花什物移除

2016 年 5 月 22 日

共 伞

大叔，能不能跟您共伞？
身后传来直爽的莺声

在大雨骤临的春夜
心情原本如阴湿的世界

有妙龄女子不忌而近俗身
犹如烛火趋尽却复燃

无语同行。而她中途告别
甚至不等疾雨暂歇

2016 年 5 月 25 日

听　鸟

天未亮，鸟类争鸣为了什么？
是要抢先将一缕晨曦占为己有？
或许此时有一天马行过夜空
鸟们要把各自的心意捎给天庭

晏起者陶醉于
鸟的欢歌与蛙的鼓噪遥相呼应
天明，延宕的人生需要从锅碗中
挤出缝隙，强大一如空气

2016 年 5 月 28 日

看家狗

那是一只真能吠的狗
主人新买它来家,绑在玻璃门外——
失窃阳台位于容易攀爬的二楼
它日日夜夜吠了又吠,吠了又吠
比任何人都尽忠职守

不久主人嫌烦了,物与我未能沟通
遂绑它在楼下墙边树群草丛
那狗,栉风沐雨,受飞虫、蝼蚁
狠咬猛叮,轮番进攻——
依旧吠,不停地吠,不停地吠……
却并非勇猛;那是啊
——是禁不住孤单的惊恐

2017 年 4 月 9 日

泊　车

去向远近之地的轿车越野车陆续回到小区
济济一堂；后归者再找不到尚可估量的缝隙

沾土的车轮是对蛮荒的礼赞吗？
沉默的引擎去到主人梦中轻奏安眠曲？

这车，与路并存，与人所由来总是关联；
又是否将终端风景写入橡胶与钢铁的谱系？

夜静了，楼盘蓄积着左奔右突的能量
抑或围挡他方讯息，安抚这迷途知返的群羊？

　　　　　　　　　　　　　　　2017 年 4 月 9 日

评话大师

是由于管理的疏忽,他身后的美人蕉
像羞涩的美人怯怯地只开了一朵
仿佛她的红艳私存于众花的萎靡
他端坐于桌前摆好折扇、醒木和铙钹
双眼投放出杨家将征战的烽火
然而在此成熟半新的楼盘社区
人不知所往,仅有几条宠物狗和野猫
成为他不太忠实的听众,像幼儿颠倒着
翻看小人书中颠颠倒倒的历史
在露天舞场,为他遮风的是美人蕉的阔叶

几代英雄在云端徘徊等待
他敲起铙钹开场,仿佛杨家的将士集结
这精彩的说唱艺术,最终仅有美人在听
一朵孤花摇曳着,空中的桥段如光闪烁

2017 年 5 月 1 日

问　路

骑着华丽电动车的半老的美女
一手驾车，一手以手机通话
在昏暗的晚间小区
夜游神在花树的迷阵中忽视了
某些细节，某些错置的境遇

美女问路，看清也听清了
闲步者的指向以及楼房的编号
欲找寻的人已在阳台等候多时
而她却打开车灯南辕北辙
并不信任指路者的无误

神祇啊，当今时代
尚有人耽于自己缠绕的步幅？

　　　　　　　　　　　2017 年 11 月 20 日

打　听

十字交叉的大剧场
多个戏码在此日日上演
表演者挖掘机、翻斗车、大吊车以及
各色工程器械，以及飞扬的尘土仓皇的路人
那疯子四处打探：将来地铁四号线和
五号线的出入口，以及中联大厦的楼高

一如我所关心；此外
我还关心未来进出地铁车站和
出入大商场的空气，以及
湿漉漉的黑树枝上，那许多花瓣

2018 年 7 月 7 日

午 时

除草机訇訇地工作,声音盖过
睡梦中浪涛的轰鸣,沿着草长的
方向割除岁月,并割掉绿色的行脚吗?

哦,不,除草是奏鸣曲的一个声部
是岁月中的曲段把绿意扶持
你领受噪音便是领受生活的福分

我倒希望它就是上天的设定和警示
除草机所割除又岂止繁芜
它在人心缠绕处把圆通画出

土地啊,有时须得掀起衣襟吹吹风
除草机且帮助鸟们打开丰盛的饭食
松鼠们也已能头枕机声闲闲歇午

只有蚊子和老鼠仓皇而逃
蚯蚓土遁,蛇朝远方出走
而借机把祝福带入空气的是露珠

那訇訇的,毋宁是催梦的鼙鼓

2021 年 8 月 14 日

迷　城

并非在茫茫沙漠，指南针也摇摆不定
并非在黑暗世界，灯光幽远让你
心生疑云，跨出去的步子悬在半空

柳枝在护城河边，拦住你的窥鱼之念
趸向跨江新桥吧，近午的炎阳扯住裤脚

路口大屏幕上，比赛的场面火爆
传球突围，球在掂量时失手

唯有送餐小哥的坐骑没有犹豫
在撞人之前侧翻也是定数

常常，时间在出门之后还要计算
是度量去与留，孰轻孰重吗？
楼前飞燕，也会绕着她的泥巢左右为难？

窗内女子择衣，几套春装脱了又穿
窗外的猫目光如炬，遇人而缩腰
止步，瞬间跃向前行之路

江面，洪水载浮的垃圾仓仓皇皇

驭流不归；海边的卷浪则像群童，奔向
陆地又退入母怀，荡秋千那般去了又回

那只流浪狗，在日头的强光下犯晕
能否在迷城的围堵中打个激灵？

          2021 年 8 月 20 日

新锁报废

你想打开何扇门？别人家抑或自家的门？
当你走在街上，看见不明所以的景象
你是想打开疑惑的双唇还是顿悟的脑门？

你想打开大树的门还是乌云的门
山的门还是海的门？
或许你最想打开风之门……

是啊，谁不希望把天的门、地的门打开
把知识和良心的大门打开
谁又不希望把希望之门打开？

那华贵的大门锁面板、锁体和锁芯
究竟是卖家抑或买家的心针没有对准心眼
遂造成一把钥匙，打不开一把锁

只得用暴力，将一具新锁摧毁
但愿还没摧毁信心和诗意的生活
哈默林的花衣吹笛人还能把孩子们带回

2019 年 8 月 26 日

扶 手

你安装在我生命局限的疆界
在我的身心下滑的沟槽
当我的手触碰到你的坚硬，往后的
时日，便延续着逗号而非句号

曾经，没有你，我不无惶恐
山崖能攀却滚落石头；滞重的
身体和涣散的意念未得支撑
勇气就如缺粮的家畜渐渐消瘦

你在墙上恒久不动，忠实胜过狗
在我趔趄时不知谁向谁伸手
想是你拉住我，在我需要时
就像鲜嫩的菅草拉住饿昏的牛

即便自己借力于自己也是经由你
我因你的挺立而得以挺立
劲风能飞草，深水好浮船
你就像一面魔镜放大我气力

在我生命的尽头，还请你
拉住我的灵魂不松手，不使它

堕落在绳断的一刻；你的扶持啊
会让我向众生谢幕时不致太羞涩

        2021 年 10 月 9 日

乔　迁

床、桌椅和空气，以及橱子上的菜单
不可全部置换不可把一生建树全拆
洗净后的玻璃缸，鱼们庆祝乔迁
过去的时光，紧随若干陈水搬进来

面对无情岁月把山水变旧
你愿拆换自己的筋骨吗？
更换鱼缸是让自己还是让鱼续命？
人自然也为人的新居而欢呼

你可知，扰人的是赋闲还是奔突
鱼在缸中是优游还是囚禁？
当你以时代气息重建了彼此的住所
从此就把自己也把鱼的余生刷新

哦，随你人生空间变化的是时间
随你的岁数提升的是鱼的存活条件
可那鱼腥草的未来还是鱼腥草吧，
你兴许觉得新居已把你的姓氏改换？

就像养鱼的水不可至纯至清
如此你得保留一点点自己的血肉和

秉性，让它重新生长，让它养育
时光，鱼啊会在水草中盯着你的面孔

2021 年 10 月 11 日

关于爱情，我们能说些什么

一

那年我暗恋一个女孩，像纸船恋着远方
我的目光迟疑，似阳光在水中折射
反差的景象，在春风吹拂时胡乱摇曳

成年了，是道旁假苹婆树为我行注目礼
有成熟女性像熟透的果子黏人
我啊，最终只得将扯不清的外衫脱去
不明所以的干涩卡住喉咙

后来我荒废的园子里长出了幸运草
最可珍视的是第一枚丽叶
不知绿意灌注的是她还是我
我恰在俯身于她时避过了天降的不幸

如今在日头偏西时我与她并肩而行
过早的蛙鸣也不叫两只胳膊肘相碰
夜幕四垂唯见昏灯照路和投影，空递的
话题，如同踩过的松针落在几十年前；
那时晚风，还能推开今宵隔夜的黎明？

二

一只由动物园豢养的虎,某天幸运地
把自己托付给一只忠实的小船
她不划桨,只希望在四面环水的世界
睥睨一切,用言语或心术左右船行

这世界,如今是个别,还是有更多的
达尔文蛙的妈妈产卵后便扬长而去
把小蝌蚪们交给蛙爸爸,让为父含在嘴里
如此辛苦的爸爸会思念妈妈吗?

写字楼里走出的西装套裙,LADY. DIOR 女包
引来保时捷车,也引来帅眼放光;一句
礼貌用语已把接下来的故事掰成两半

追求幸福的人,天堂和地狱的剧情在
一念之间,把众多角色拽入其中日日上演
主角或已懵圈,乐队依然卖力
却在昏昏然中丢了曲谱。一朵稚嫩至纯的
花,独自在观众席的暗黑中脉脉含情

           2019 年 9 月 2-3 日

辑七

光影移动

两眼拾物的日常功课

1

居家隔窗的树枝上
蓦然一个生命现身
是松鼠！如此拉近
我和世界的距离……

是它私闯还是我无视？
两厢对决间，该于谁的衣襟
系上此一问？

2

我的听觉如筛子
滤下的是无声
在我全神谛听的时候
噪音也化作烟缕
凯歌也被超越

3

世界在它的尽头等我？
不，我即使像只巨大蛞蝓
也绝不粘住它的

脚跟，但恐惧依然
在倒影中直立

4

只因曾颠簸于崎岖
才获得一个远方的意志
仍有界碑如墙把你拦阻吗？
远则远矣，又
　何来短视！

5

我犹豫，是因为我局限
锚链垂海自知瘦弱
淋雨的猫，在久泊的车下
　方觉安逸

6

去把死亡的契约签署
活着就趁势把脱落的门重装
将生的栅栏加固
贪杯者是贪生而不怕死

7

能否留一条后路给自己？
不妨试着在诗里打个滚
儿时的调皮兴许在
时光的深井中

8

爱水的蟑螂
因水把性命断送；
而乌龟并非冷血
它倾心于悠远

9

城市夜光映出彤云
黑暗或明亮都有我的一份
我的身体，如何保持
钢丝上的平衡？

10

台灯亮着或关闭，都为了
片刻的回返；回到隐身的树洞里
但蜗居并非我的本意
只为把许多时日打理

11

医生听诊我的心脏
说房颤依然持续
窃知所谓心律失常
是因为承受了
温煦和寒凉的双重夹击

12

陨星造成的大坑

在月球背面？
不久的将来会有怎样的天体
朝向地球打脸？

13

预估风雨即来
蚂蚁高高举起战旗
我也加入它们的队伍
只为给自己打气
要不就为蚁捐躯

14

假如人生可以重新来过
我该找谁来设计？
彼时那设计师兴许也找上门来
求我跟他——
　交换图纸

15

那种伟大的睡眠谁能打搅？
阳光走过它也蹑手蹑脚
看到这一景象的人有福了
他如此这般的打盹
算得上赴死的预演

16

是要熔铸虚和实的爱意吗？
立着画架就像立着誓言

婚纱摄影师犹如月下老人撮合姻缘
又为何,要将真景和假景
　拼合?

　　　　17

常常,我们对人说"好",
是说略好于不好的;
说"坏",则没有比较级

　　　　18

这一处园林缥缈如灵境
烦躁之心让一只仙手抚平
不曾想那孤鸟的啾啼
似蝈蝉般沙哑
她是走失了家人或同伴,
还是有暗藏的危险正逼临?

　　　　19

拈一撮小米在手心
期待小鸟收起翅膀栖息啄食
那孩子却害怕鸟的尖喙和利爪
瞬间,他把理想和爱
尽抛于地

　　　　20

电脑也厌烦我——
蜗牛的动作和冗长的思想
在我保存文档的最后

它总把其中难以割舍的部分
　　遗漏

愤怒的同时发现
我人生的残缺还得补救

　　　　21

天空在多高处才有门？
我在地面用什么制动？

睡前的一句话都懒于即记
又岂能从梦里去打捞、发问！

　　　　22

我静止不动的一分钟里
有万千朵花开在人的必经之路
当我起身疾走的瞬间
那万千朵花已消失无踪

　　　　23

镜子里的那个你
看你的神色不同于你看他

　　　　24

对于还没亮出的器物你信心满满
可当要献宝了才发现，其完美性
　　打了折扣

25

九十五岁的姑母不良于行
她的长寿令人愧疚
船行于水顾不得岸边柳
呜呼,设若鄙人分身有术
两个我,也只能拿其中一个去
　　做她的拐棍

26

雨后,干湿在路面变化
老人慎择干处走
顽童偏向湿地行
唯有鸟,对谁都一脸相同

27

菜,种在花钵里成为花
于野地自长则为草
那主事者奇诡,
以太阳为鱼是把何者仿效?

28

那雨下得如此犹豫,时断时续
是顾虑将要翻盘人间的滂沱
　　过于暴虐吗?

29

这年头偷偷摸摸的爱把你惊吓

如同认错人的狗暗中抱腿
其实是你家后院的柴扉尚未开启
东天的乌云仍把新月一轮遮蔽

30

现如今，居家不也灯红酒绿？
蜇人的荨麻草自当排拒
在野的三色堇却占位于上座

我只在意主人厕间的一盆绿萝
她在内室与外墙的中界
　宛如佛手

31

孤身行于野
群鸦铺天盖地叫人羡慕
哦不，我的同类远比这多！
只是——
落单启动忧虑：
我得有怎样的进献方得融入……

32

不是吗？某些时候
自己做自己的王并不过瘾
——我是说，王该站在我头顶
即使博弈，我更愿
败于他的香心

33

那只狗，闷声不响去哪里？

哦，你能留给这个世界的唯有音声
它们收藏在苍穹的无限中

2021 年 9 月 17—21 日

采桑曲

一

采采桑叶，是谁在白日里搬弄梦境
在繁华街市洗劫睡眠的悬案之中
节外生枝？是另一种诱惑
如鬼神在侧；魂魄在空中交接
借用了一只不太勤劳的手
那以桑饲蚕的古老农事如何插入
一只心脏？其实，它已不胜负荷
却仍然受几枚小小的卵所劫持
造物啊，当人类切割并背离了你
广袤的疆域，那盘古开天的生命
为何如楔子钉入安乐的蜗居
钉入我的神经以及时间的钢板？
为了那几只蚕，为了几十年前的
记忆，和，孩子们疲劳的双眼
一个半老之人上树，在恐高症中
摘下南方雨后如金的柔软

二

采采桑叶，那诗意不被看见
树下脚步匆匆，偶有孩子们的目光

临幸。他们以目光养蚕
并不了解时间那孩子重复的动作。
每日作息使空气不空，三餐仅仅是
钟表指定的结果，水只被雕塑在
镀锌管中。蠕蠕之蚕，那生动的
盘古遗落的皮屑与他们何干？哦小孩
假如他们赤足，书包是以苎麻织就
假如他们能徒手上树，能亲身
做"宝宝"生命的主宰
又假如蚕丝跟随奶奶的针线换取纸墨
我又何必以之镇定读书的心绪
让蚕宝宝为之喘息，为之放眼的风景
而"子规啼彻四更时"，
又是谁，"起视蚕稠怕叶稀"？

三

采采桑叶，在装饰华丽的居室饲养
群虫。移位，起污，添新……
可谓"遍身罗绮者"，谁说"不是养蚕人"
那上苍遗失的天线缠住了"蚕农"
但渐有蚕臊漫开，黑色的蚕沙落地
嗟呼，人类之爱如何深入蚕事的核心？
"躁妇未织作，吴蚕何蠕蠕"
女主人她拿什么做蚕丝（诗）的解人？
那虫，不该噬叶迅如疾风
不该下黑色的粪便，不该让
主人精神强迫，如新式陀螺一般任性
不该教孩子们分神，像麦当劳

吞食了他们的眼睛。而白蚁正在
进攻木质地板，可能与群蚕结成同盟
来呀——主妇发出了命令
必将如虫的心魔扫地出门！

四

采采桑叶，四肢觳觫被树杈逗弄
而阳光降为绿色，使心蠕蠕
歌欲掀开嘴唇，要唱的是被唱过的
而唱词仍然开通言语的道路
那肥厚的叶子为什么招摇
围墙外又为何是老妇的渴求？
世间琐事总由同好所安慰，一个梦
仿佛曾经做过，在不做梦的日子重现
叶隙之上，云海依然相似的云海
绿荫之下，一只蟋蟀走回它
最初的途程。而宝马无声
凯迪拉克不领会树上的老鸟
丧家的鼓号队奏出欢快的曲目
而桑家依然采桑，在为数不多的
树巢，在决心终止时延续
以树巢为母亲的子宫。采桑……

2005 年 5 月 12 日

新　人

　　题记：家有喜事临门
　　　　　纳新定然吐故？

新人从旧人而来？草垛重复去年
却是新的，从秋天而来。
秋天比春天新啊抑或旧？我看到
秋天让乌桕的叶子变红，红是新的
象征，一如喜庆的日子

新人走过来，却属于春天
要把厚土冲开，坚壳剥离；秋则
检视多时的沉积如蚁穴见光满目仓皇
何处寻找，分出时光的器皿
有什么能在分疆之地相互珍藏？

秋天从此也新了，是从未有过的新生
乌桕匀出的阳光无人分辨，如出
旧辙——还得把每天的行止重新排列

我来，且把门廊清扫，使庭除整饬
顺便将隐秘的心患搁置一边；且知
死亡已在长者前方打出骷髅旗

2011 年 5 月 9 日

初　老

避开可能的误解、不必要的猜疑
只是要向你表示一点被上苍借用的心意
我选择隐身，贼一般苦心孤诣
只是要在画中留下一片无花的叶子

送两小捆柴禾给你，在不烧柴的时代
而你家是近邻，我却绕行远路
穿过别家菜园，踩过烂泥田埂，涉山溪
踏险石，把荒山峡谷当作灯红的街市

柴禾被路边荆棘拉扯，所剩无几
人啊，为何我视而不见身边的物事？
就像露水取自空气，蜂巢还于大地
我何不将一朵白云从山顶引进你梦里

满山灌木和铁芒萁蓄着旺火和过往
还有上屋阿嬷脸上沟壑的纵横
那似曾有过的一幕穿越时间
让上下屋两家的故事像明天的梦

没什么能说出老者此时的心思
他并不耽恋小时候外婆触摸病额的魔手

憧憬未知的目光依然越过山脊和云彩
甚至被更多人形、更多电声所匀走

这老者
在跨过足下疆界时划定疆界
在握住手中石头的当口寻找石头

      2014 年 4 月 5 日；9 月 14 日

秒　针

不能让风吹走一切，不能让
那每天给予我的，又从我身上褫夺
一个老者在树下，仅仅为享受一片绿荫
就像我仅仅为迎接晨曦并在适当时
将西天的云送走为自己留下夜的庇佑

我其实愿意多付出一个动作和一个身位
再付出一次腰的拉伸和五指的协作
哪怕他或她啊，并不在意更不言谢

鸟之啼鸣并不取悦于耳朵也不描绘天空
糖的溶解仅仅加速了食用者的吞噬
而漏水的桶能不焦灼，瘦身的雪人能不
乏力？战场上，谁不计较无谓的牺牲？

风啊，那琐琐屑屑不停来去的灰尘
那每天剥下我一层皮肤的风！
我愿把灵魂搁向更高处，只是底座被
凿洞，身体湿衣一般拧了又拧
谁不惊惧于晾出的衣裤一如自己的象征

得从风中搂住一把螺丝刀

把四下奔走的骨骼旋紧

智者说，飘零的树叶得从远方趸回脚跟

2018 年 7 月 11 日

龙船花

走过斑马线的那人延续一种颜色
你隐没于茫茫大众,尽管你还是你
就算是一把箫,宜在静夜吹奏
你其实更希望自己是单簧管,在
庞大的交响中显现于河流的波纹

但你看到的月亮是夜空的标识
倒下的树描绘了昨晚台风的蛮力
当山谷幽深,鸣蝉为之表述
而静默者也能为喧闹者助威——
激愤的人几近聋哑,便将头发直竖

那古老的习俗来源于水
故有梭形尖底船,几把犁开水面的刀
配上肱二头肌,竞相把今人的思绪书写
而岸边被时光修剪的低矮的灌木
开着浮于枝叶上密密蘖生的小太阳

是去向夏季尤为热烈的、无声的锣鼓

2020 年 6 月 30 日

秋风起

突然的一阵清凉
剥开皮肤,取走一身燥热

风从树上来,还是从楼房的侧面
其实从江的对岸,一支竹笛的圆孔
从酣睡的孩子的梦中吹来
自年轻妈妈微乱的手势以及石像的
气息、兰花的摇曳中生成

秋风自五十年前的一句话吹起
从田垄上方阳光的缝隙
也从黉夜油灯照射的屋瓦
灯下书本的一行行文字中
吹出时光清晰的叠影

不过它的确从我此刻站立之处
就在我侧身时的精细的维度
吹来——

它要拨开我的
乱发,挪开一甲子的昏蒙?

2019 年 9 月 29-30 日

老人与鸟

记忆的腐叶,捡拾于六十五
年龄之根早已盘结,在
行履未到的地方,记下每天的步数

悄然绽放的
杜鹃花,粉红和纯白间杂
在人未见时矜持,人离开时凋零
是谁在掐算赏花的时辰?

延缓或者中断,花期谁来调整;
你剩余的日子如何拉伸?
又有多少心愿让江风铺展!

错过秋天的百合也可在春季播种
错过的那人是否在某处干等?
一个叹词几番重现,硕大的
木棉花——从去年落到今天

手中石子在沙地上排列
横竖能有什么差别?
抬眼是一只疾行鸟斜空飞射……

2021 年 3 月 16 日

故事的漏洞

故事的漏洞，出自孩子的想象
你没有理由把太阳的斜晖矫正
大桥的建造，或从那顽童的积木开始
车与船，又何尝不可在桥洞下同行？

潮汐来了又去，飞船早已轻松往返
老街区尚可把高楼的缝隙挤占
大雁啊，也还能被地平线弹射
唯有时间之矢，条条在天边消逝！

我啊，攥紧自己的身体如同坠箭
每日由夕阳点灯完成一次惊恐
而清早也还要打一回生命句号的伏笔
除此依然接受花开的声音敲打神经

孙孩异想的奔驰能赶上高铁的速度吗？
祖父因此把气息调匀，把衰老
放慢，即便阎王老儿明察此中破绽
小鬼们也还把，禀报的说辞尽力补圆

有谁在深夜放出乐音？
我还得在围墙的内外抓住游魂……

2012 年 3 月 18 日

黄　昏

谁相信：季节出错
候鸟也会迷失方向；
谁愿意，提前去向他的归结之地？

飞云的驿站，早就订下了；
只是风往来不定，教
心房颤动，暗示蹉跎者剩余的途程

当时日无多，你甚或思虑家中
险情，卧室里也有断崖风景
空空两手，你只有把血脉留给儿孙

弯曲而光影幢幢的回廊
如同替你预设的鬼域
是你迟缓的视线把时间拖长

此时白昼已跟夜晚相溶解
仿佛天穹传讯勾连了海床；当你
内心黑暗，就别怪灯点得太亮

2021 年 3 月 21 日

归 来

久违了,前方已绿树成荫
栀子花重映了早年的梦境
珍珠金合欢是新生的小囡子吧?
沿阶草竟也是主角而非陪衬

信步者,不妨碍一只鸟闲闲啄食
小猫落单却不迷失于鸢尾花丛
再不见流浪汉盘踞在竹箨堆上
加了护栏的荷田免除了沼泽的危情

只有小竹林保留了隐士的风采
攀比的新楼则显摆更高的身形
不过人啊,惟在树下方觉自卑
仁者更宜在美的角逐中思忖

虽说,夹带了昨日气味的风才深得
此心,我更愿把初升的太阳置于头顶
或许,那池塘里的乌龟依然沉潜
可谁又不惊诧于大海上鱼跃龙门?

尽管路面残留了顽固的苔藓
清除了泥污的步道总令人欢欣

哦，有什么地方我不敢走近？那
也仅仅是病体复元后未消的疤痕

临老如我啊，得拿什么把旧时地深耕
让云的六彩绘出它更多的花纹？

          2012 年 8 月 16 日

生　日

种子落地是离，抑或归？
那婴儿向人间是来，还是去？
雨是云的还原而非变异
背包客说是出走也是返回

这一天是数列中的第 n 项吗？
它犹如银行存款的爬升
也犹如风化的石头清点颗粒

这一天从甜蜜的欢庆而至
沉默的叹息，是上苍编订的程式
也是生命律动的掌声一记

一根竹子上的竹节并非重复
那晋进的时光不可弯折也不可跳跃
假如，你不仿效树枝伸手天空
　　把年轮高举
生日便意味着向死亡靠近一步

2021 年 10 月 13 日

龙眼树下

——江滨公园所见

那结着树瘿、关节粗大的苍老的树
想要时间倒退如涨潮的河水
唯有在花园流蜜的时节奋力
把她的果实高举过头顶

那小小的、撒落一地的浅棕色颗粒
仿佛细屑的火山灰无人闻问
她们壳硬、肉薄、甜味干涩,就像
老妇干瘪的乳头,把时光诅咒

我弯腰拾起我的童年,向"老婆婆"致敬
忽见一中年女子躲躲闪闪似盗贼
一只手捧着果粒,另一只协助唇齿
迅速把整棵树的往事送进肚里

啊,总算有人来去自如无何阻
记得踏足旧时的小路,捎带今日的
问候,记得捡回遗失的,掘出深藏的
并且向老母的墓地回一回头

远远地——
我走着前路,却望着身后

2021 年 8 月 23 日

凭　栏

疾驰的楼宇像一群烈马
车阵如蚁,却不预报天气
它画出图表抬升的箭头,如飞龙
向天,鼓舞建设者的士气

你若从滚滚晨昏里钓出自己
人在江边,得有足够的资本赋闲
要不你看那座大桥缩紧时日
内心无从把自谴的焦灼消散

当楼影洇开,像遮天的翅膀
花树只有在扑击中获得阳光
而那多年不长的洋紫荆占着园圃
就像精致而尘封的书柜占着书

停舟卖鱼的景象不复重现
水缓慢移动,而船行已远
是在你拉起鞋帮的一瞬
天空有超音速飞行

凭栏处,是夕阳停顿还是朝阳发动
你的气力能否在泥岸上翻新?

或许你能从树梢加入掌灯的队伍
从繁星的初夜勤勉到黎明

2020 年 8 月 17 日

越过晨线

蓦然从懵懂少年而至颠顶老儿
从祖母的凝视而至重孙的张望
从茅屋下的瞬间梦幻,而至
屏幕和周遭的出乎料想

一只山雀冲天飞成蓝空铁鸟
黄鳝自深壑下拱起,身体为两山搭桥
弹弓平射的石蛋变作呼啸的白龙
弯弯的连海巨臂,则来自顺溪而下的
柴梗……这一切如同风吹年历
歌声中那人的泪滴,是要
注释笑靥还是记下消逝的苦脸?

2019年9月30日夜至清早
我在睡意蒙眬中跌了一跤
醒来发现自己绊倒在了
时间的门槛,一行歪歪扭扭的字
留出我一生的苍白和靡费

我又该如何整装,同流水再签契约!
或许该问川江逆行的号子
可否将脚下时日,分分秒秒补缀

哦,谁能过来扶我一把?
——只有啊,秋阳再次将
暑气和春天般的驱催布在我身边

2019 年 10 月 2 日

三角帆

目送远洋巨轮在天际
足下我唯有一叶三角帆
海啊,除了你,我该去向何方?
彼时,我的帆下备着食物,兜里掖着诗
浪啊,那恋岸的浪,再三将我送回……
我的问题是身体的牵掣
莫名的风在背后哂笑,又如戏弄的手
山间楠木把我的魂摄入其中如禁闭
而怯懦就像树枝伸展,欲望缀满枝头
那自制的三角帆等得太久
船帮结满了岁月厚厚的痂
不安分的金枪鱼不等待慵懒的吊钩

哦,如今你来,捡起我丢弃的桨
三十年后,我重新把诗搁江里浣洗
云帆在眉梢张挂,鼓风入我初心
来啊,让我带上一身伤痕、半生疲惫
去到太阳落幕的天边把梦找回
但我知道先得在源头把自己打捞
须得染黑白发,箍紧松骨
再在变淡的血液里抹一把盐
相信能被折叠的时光也能抻开

当潮水上涨,江鹭带来海的消息
月亮便已刷新。歌者啊,
除了我,还该有你有他。三角帆下
那一群飞鸥正贴水相伴如众神

2019 年 5 月 25 日

给 我

题记：六一儿童节带小孙子游园。

给我一辆托马斯小火车
那不是玩具，是能为我说故事的朋友
给我一只草编螳螂或是一只蜻蜓
我能让它跳，还能飞，我能骑上它的背
没人知道我深藏的画图——
我睡着时就在月亮上面玩耍；
那里没有嫦娥，却有我的妈妈
月宫里的妈妈就像一只金鱼萌萌哒
给我一副抽绳陀螺和一副滚铁圈
我能让太阳滚起来，让星星不停转
转动的星星是我变出的无数眼珠子
滚动的日夜，带我回到六十年前的家
…………
是的给我一副空竹，就像耍宝的丑角
抛起悬心的"苦脸"，再接住兑现的笑窝
哦，给我那小沟渠里的水流
让我挽水就像挽着自己一句句的梦呓、
一条条的力道、一次次的许诺
给我一架正在工作的老水车，让我跟着
外祖母，回到磨坊里碾米，碾出我粗糙的

年龄，筛出我晶亮的梦境
来，再给我一台爆米花机和一个
系围裙像系年月的老师傅
把我的六十岁放入那具黑色的滚筒里
爆出十个六岁来——十个六岁的、
白白的小顽童啊……

         2019 年 6 月 2 日

湖　边（二首）

其一

并非闲客，哪有观鱼的心情？
乌鸫不觉间，时光吻过水纹
风水连为一体而人鱼却分属两个世界
当你投向湖面的视线也被蛛网拦截，
你这无心的观鱼者
身在空气中是被鱼看作人吗？

那观鱼者，鱼也观他
无论岸上风情，也无论车马人影
不忘江湖的鱼，是悠然自适的吗？
我看到接近水面的鱼有着探出水面的
利器，一隐一现似有着挑逗的习性

哦，当你驻足，当你眼神飘忽
思绪从昨晚窗帘跌向今晨柳絮
你是在鱼的预设和期待中被鱼垂钓了
当落叶惊散鱼群，也让你打一个激灵
那条大鲢蹦出水面是为了戏弄人吗？

在湖水上下两界

是鱼或人无关乎清与浊
是人或鱼无关乎睡和醒？
微风无意间，倒映的飞云掠过水纹

2019 年 7 月 13 日

其二

脚步蹒跚者驻足湖边
将凌乱的心事投水喂鱼
水面上群鱼嬉戏，罔顾人的迟疑
结伴的，大鱼两只，小鱼一群
空阔处，唯有巨鱼单行
它是孤傲的、睥睨一切的吗，
抑或仅仅为了便于上下的求索？

那自我敲打脊骨的鱼
在生死两分之际越界
鱼在空中划一弧线再向着
自己的栖息地重重撞击
是为了向谁宣告还是挑衅？

不知一只独行侠在鱼的世界里
是受尊崇还是受敌视
你看它的游弋如此缓慢，仿佛
没有对手和盗猎者的存在
又为何，它的身形在绿水中
那般隐约，那般难于探摸

或许它偶露真容,只因它是
鱼中之鱼,作为散步的鱼安置自己
观鱼者,你得把自己伪装,且噤语
没有鱼会在水中乐园落泪——
为同情你的遭遇

        2019 年 7 月 14 日

六十履新

题记：年过六旬，人生重启，犹如履新是也。

一

因为洪泛，得把自己搬往高处
因为救命，你又须纵身一跃
在胆破裂的临界点
死神玩着晃荡的秋千

二

船近而桥远，都与沉溺并存
谁又能相忘于水上风景？决斗中
体量难估的蛇与蛙谁输谁赢？

三

何处捡拾晨昏遗漏的分秒？
唯有翻出随身一甲子的工包
当老年斑自脚踝生出，脸啊
尚可把纵横的沟渠填整？

四

拼尽全力，为小孙子做完木头车
不如造一把，跟巴斯比之椅[①]相反的

宝座，让坐过的人仿佛重生

五

某些时候，人的确可以再活一次
就像断气的狗从土地上站起；
可当台风把暴虐楔入记忆，复元的
羊蹄甲，为何枝繁叶茂却不再开花？

六

鸟能高飞，却总在草丛中觅食
像个囚犯在放风中的那只乌龟
则伸长脖子仰望天空

七

清晨江面，白鹭欢叫疾翔
苍鹭却都栖于漂浮的垃圾之上
当夜空茫茫，月亮依然孤独巡行
她没就寝，是因睡下的人裸露灵魂

八

风吹动假槟榔叶的兰花指
晚霞忍看渐暗的树林；上年纪的
人，最好对大限心知肚明

2021 年 9 月 3 日

①英国约克夏里斯克村的博物馆,保存着一张受到死亡诅咒的椅子。据说每个坐上这椅子的人,都因各种事故离奇死亡,因而被称作"死亡之椅"。

奔跑的孩子

> 苍鸟群飞，孰使萃之？
> ——屈原《天问》

一

奔跑的孩子跑啊跑啊飞向天空像只雏鹰
一群衣衫褴褛的人跑着跑着
有的展开了双翼，有的则从半空跌落
然而奔跑者众，天上的飞人也增多
风前来助阵，云开启天门，鸟纷纷
欢叫着加入队伍，海潮汹涌，
是被那众多的羽翼所扇动
海天浑然，霞光万道牵起大陆的衣角

并非抢夺，他们把天上的宝石搜罗
还有从太阳化出的远比宝石珍贵的财富
并不相争，只是蚂蚁般步调一致
飞行军为步行者带回他们所属的一份
再从高空投身膻腥的大海提取琼浆
冒险深入，从海怪的血盆大口里逃生
把被暗流明涛冲走的海岛拉住
在齐天高峰套上泊船的缆绳

二

奔跑的孩子跑啊跑啊消失在茫茫高原
褴褛的衣衫跑着跑着跑成坚实的铠甲
他们潜入地层，蚯泳在土石和岩浆之间
叩开土地公惊惧的房门，说明来意，签下
谅解备忘录，在地轴的两极止住大地的晃动
接受馈赠的宝藏就像儿时舍不得吃完的
面包屑，却用自己眼珠烹制的甜粿分给
乡邻，如此驾驭沉重的大山如云车

并不好射，却唯有弓弩手能把猛禽震慑
且在海盗觊觎的近海和沿岸布防，在
沙漠深处安下远射万里的雷电
先帝和蕃的旌旗依然招展，骑军勒缰于
楚河汉界；一百种退敌之策揣于锦囊
威武之师不怒而威，如冰山直立
渔阳鞞鼓不时在梦中震响；飞弹一颗
其实如擀面杖备下一桌美餐

三

奔跑的孩子跑啊跑啊踩向滚滚浪涛
褴褛的衣衫跑着跑着跑成溯游的群鱼
轮番刺向湍流和岩石，让浅滩把英勇抬向
极限高度，仿佛时间同作悲壮的逆旅
躲过棕熊的利齿，不惜向鹰隼献祭——
竭尽全力回到先祖的原乡，刷新
种属的密码，繁衍族群的血性

而后朝发夕至，箭一般融入海天的诗章

并非自闭和自傲，人在屋内最爱打开天窗
只是不免黑暗覆眼、罡风呼啸、雨雹入侵
以天为宇的人也以天作水准；以友
为亲者笑握他人手，也榕树般紧握自己根
在竞技者的营地习得方术，在宇宙的密室
寻得解救众生的法器；善心如玉，如
新月破云，如夸父手持驱邪御魅的魔杖
以渴击退毒日，以死化生桃林

四

奔跑的孩子跑啊跑啊烂衫变作华服
间有匍匐的、隐遁的、掉队的
像风吹落叶
老朽如我，能殿后一如拾荒者，将那
逸散的、蜕化的、变节的肢体和灵魂
一一收容？

2021年8月30日

辑八

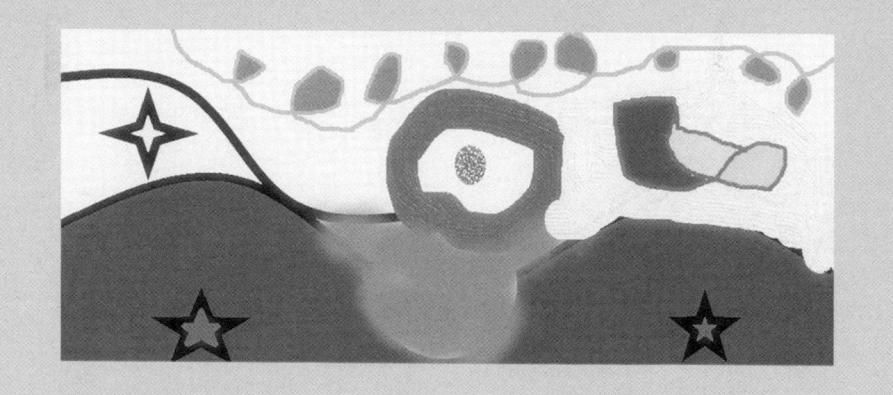

掘土伸一寸

康　复

当阳光如柠檬汁洒向你的嘴唇
你不再想到鹿角被切割时的疼痛
劳作过的人，每天都享假日的从容

当你从病榻起身，心脏复苏
水泵一般重新推动血液的运行
微风又在窗台上，翻检隔夜的激情

想起梦中一句诗的出现
就像朋友女儿的第二场婚礼
你准备像朝暾一般整装，前去赴宴

绿树掩映下的广场，舞蹈深入
生活；你不谙舞步却合着韵律行路
鸟的细爪在地面上描画人的心绪

一对夫妻，经由争吵肯定对方
施工面是以围挡，孕育顺畅的来年
而季节新启，总得矫正乱云的走向

而不听使唤的桨，让船在意识
模糊的江面打转，你唯有将自己稳操
像游离的柠檬回到金黄的本岸

2021 年 12 月 10 日

分身术

当天地把我切成两半
我希望自己仍旧一样
那一半还是这一半的我
半个我都成为完整的一个

分别在城市和农村
在南方和北方
高山及海洋
强人跟弱势群体
盗匪或义士方阵
这个星球和那个星球……

无论性格刚烈或温雅
遇事沉稳或激进
两个我各自为人
又相互印证
在云端传送心意
在根处保存基因

当交换位置时并不尴尬
我能随风飘向另一旮旯

2022 年 5 月 26 日

啄食的鸟

榕树下,我站着
氧气从每一片树叶筛下来
这里是我的氧吧,我的领地
即便树籽沙沙雨珠一般
砸我的秃顶,我要回避的也只是
烦躁的心情

一只鸟在石板地上啄食
啄那树籽,一下、两下
左一颗,右一粒,像敲击日月
这是她的领地,还是我的?
我不走,她也不飞;只顾啄粒
啄破我的幻想,好让她捉住里面的
虫子——我脑中的蛀虫,成了
她的食物,所以她当我也是树吗?

我就是一棵树吧!所以
我不走,她就不飞;
可我不会筛下氧气,也不会
投下树籽!我只有脑虫……

而她并不幻想

她只让我长时间、近距离
看着她,利索地啄食
捡起再抛下,那许多的日子!

          2022 年 5 月 12 日

月　牙

当时我们返身步下岸堤内侧
任由江水奔泻，一去不回
可是我们知道我们的心是跟随江涛
而去；却又像白鹭一样溯流而飞

就像早年我们收工后下河游水
回牛棚看大牯牛一嘴嘴把炎夏嚼碎
相互说的话在多年后才反刍
却依然回避记忆中牛眼的悲催

那头牛的伤势加重了饲养人的感伤
如今我们把波浪看成奔腾的牛腿
耕田的健牛确已离我们远去，但愿
它们力量的魂魄仍灌注我们迟疑的骨髓

走向游乐场时天早已全黑，管理员
正在把驱动过山车的电力和玩心收回
户外灯光秀却依然如万花筒般璀璨
我们啊则各自掂量心神揣摩进退

还好有那种兴味推开共同的心扉——
当时月牙始终没有自乌黑的云海下坠

2021 年 12 月 3 日

消　息

一个消息还在前来的路上
就已给了等待的耐力，给了我们
相互暖心的情意跟贺词
这个消息的传播者，把梦想递给别人
也留给自己；正像云擦拭了天空
也把清朗还给大地

当我们因之前的生活百感交集
你无法为一支箫作更多的定义
惟望海鸥飞如接二连三的信使
再给我们带来阳光的温煦
看哪，海面上的风帆伸展如手掌
为云与浪的集会造出声势

那消息兴许朝发夕至；
兴许半途夭折，遇老鹰袭击
但足以提气，足以让你越过焦渴的
梅山，只有叛逆者将记忆的声响排拒
当我们为那尚未到来的备下宝座
虚空中便有曼妙身姿安坐在那里

2021 年 12 月 9 日

背光的人

冬天，双英决明长出了长豆
仿佛秋天把她的成绩单独独遗漏
江心航标，落单的白鹭自我肯定；
箬竹留在枝上的绿叶依旧深浓

阳光穿过骑虎的石雕
使那骑虎者的目光犹如长矛
湿地公园的空阔使人更形渺小、迷茫
落日铜锣般，等待有谁来再次敲响

不意间，拨云的光线直指人的眼睛
像要把人的错失或疏忽激醒
而背光走来的身影瞬间暴胀，他的
步伐，似乎能把夕阳再次高挂

那高大的背光者并不把光明背弃
他毋宁是因了光的照射而无忌
背光究其实当为倚光，正像
逆流的江水得力于大海的茫茫

无须担心此时离窝的鸟会身陷泥淖
她呀，正抓紧将剩余的白昼打捞

而背光者也肩扛夕阳，他还要
借助光，清理这一整天的思想

2021 年 12 月 13 日

枯 荷

人影稀疏之地就像舞会散场
尤其当一片树叶不期然落在头顶
秋冬之际不算狂躁的风
也会把行者的歌声吹如粉尘

原本预备离开,带上熟悉的过往
多次重复的路线把意兴削减
只记得夏季嫩荷还保存在相机里面

看向荷塘那边时你撞了撞我肩
而我像注了鸡血般起跳,赛过柞蜢
空气中陡然轰出震耳的音响,连
鸟也惊飞,扑棱棱刺向弯远的苍穹

哦嚯,水纹的琴谱上挤满音符
正高高低低把音律标注;又像一众
舞者,时间在前俯后仰的造型间穿梭

手和腿的交响,头颅似琴箱内的键锤
音和舞相互诠释,给出心空的位阶
枯而不残的群荷,其变身补全了命名
谁还能把她们看作花界的小妹!

这舞池有赖一只魔手轻轻放纵
我们遂从晴空的倒影里看见自己
枯荷的阵型尚且演绎了残云的意境

       2021 年 12 月 17 日

白　鹭

那么我们就往前走走，把阳光带着；
寒冷的天气下，看孩子们驾驭滑板车
也使我们的心像仓鼠般储存温暖

想起离开众友已经久远，仿若隔世
儿时那株昙花是否于她的新居再开一次？
唉，眼前的波纹也能被风，反复擦除！

就像守护新桥的卫兵，群鹭在断桥上
列队齐整，仿佛要刻意保留旧时影像
哦不，她们毕竟重新集结于云水的风景

当一只鱼兀自越出水面又瞬间消失
我们的眼睛就顺着那只孤鹭而飞
心也振翩，努力策动蹒跚的双腿

赌一把孤鹭的去向：离群一如跨越
时间的门槛，即便不盯紧下游的桅杆
也势如一颗石子，掷出就不再返回……

当我们的意念追逐她的羽翼，并试图
超越，她却反向似周游世界后的归帆；另
一层思索在成型前，送她飞回断桥的群落

2021 年 12 月 22 日

凉亭双老

像一张纸等待书写的清早
鸟们在晨鸣之后已不再焦躁
蜥蜴不时蹿动,提示了四周的活力
着长筒靴的人剔着牙思忖一天的工序

追光灯般的阳光照向凉亭一角
一对老者,像两尊佛倚柱对坐
几十年的夫妻,述尽了情思?
半辈子的老友,了却了暌隔?

手中扑克牌叠如纸扇,似是,却不
把过去的时日排列。无须对视,
脸上沟壑让不起波澜的心境填平
输赢只如健身操,非把历经的沉浮模拟

甚至无视凉亭里来来去去的游人
只需温煦的阳光仍像手中扑克
一样无声;流风掀不动衣领
大限还只在天边坐等

不起风的颜面看不出玩牌的兴致
毋宁是要将此刻延展,把时光放牧

这俩老，是在相互的肯定中雕塑自己
也在安闲中认可，那长筒靴的鼓步……

2022年1月8日

那人……

> 天命反侧，何罚何佑？
> ——屈原《天问》

那人去向群山寻找公平之处
大地的脸，峰巅之于沟壑
如同精壮的额之于塌陷的腮；
地壳的运动如何把一碗水端平？
猛虎下山抢夺人的圈养
毕竟山野的征战费力更多
瀑布砸向崖底岩石，多么痛快，却怎
顾及石的屈辱和，鱼的鸿灾！
美景之下是土地神忙着用道义和资源斥责甲
而安抚乙，更有丙丁戊己让它手忙脚乱
云的家广袤无垠，有时却不容一树挺立
拔地之山它也要侵覆，甚而一手遮天
蛇已够阴毒，鹰尚以残忍相对
蝼蚁成群能把大树蚕食
蝙蝠只争黑夜，也做了洗白的帮凶
那羊既温顺就不得反抗，又岂可用羊角
抵向威逼者！且须得警惕熊猫——
她的祖上可也是肉食者！
鬣狗们坐山观虎斗；狮子更在它们身后

睥睨一切，闲闲舔着舌头，仿佛
肉已入口而公义老早就嵌在额头！
狼茹血试嘴，人立而啼，却说：
呜——丛林——谁的法则？
熊，赞美蜜蜂其实觊觎蜂蜜
而胡蜂混迹其间是要在食物匮乏时
将她们捕而食之；受到撺掇的蜜蜂
蜇人便自毙，而鼓噪者却能连续进攻
其毒注入人的血液如乌云弥散
让世界颤抖，让人对捅马蜂窝者
义愤填膺，欲置之死地而后快！
谁又能把是非裁决，如光刀刻出阴阳？
这年头，来历不明者在森林里迷路
一如枪支为即将搂响而颤抖
目标戏弄着准星，三点已对不成一线
该打与不该谁能分辨？只有
造物在天庭哂笑，让未知的戏码继续上演
结局或许该倒回序幕去找寻

2022 年 3 月 18 日

观　者

一

当我们举灯，看到的是周围的黑暗
而你说，灯是亮的，并且闪闪发光
当熊捉鱼来吃，你说，那鱼刺
为何不扎在熊的咽喉！这究竟
是熊的本事，还是鱼不争气？

二

当水缓缓流动，你说水是平坦的，就像
慈母的眼波；而当水跳下悬崖，你说
水是英雄，它有父亲的勇猛；可当
灾洪毁灭村庄，你则说水是恶魔……
水啊，毋宁是在你心的模具中成型！

三

水的面相适合多种模具，就像
顽童随意改变他的泥塑——轻捧又暴摧
而他撬翻的石头背后有更加危险的石头
路是走过了，而你的意识还在中途
停留，途中游丝尚且控制着你的双眸
一处燥热能把几处凉爽轻否

四

冰山在海面漂移，像有只手悄悄推动
是它还是船自己，把船撞沉？风在拉锯
谁又能睡得安稳？自家门也能撞伤主人
兔子向远处觅草，猫教老鼠沾腥
盗贼的庭院，又能否被邻居容忍？

五

看人争斗无须门票，却有宏论兜售
贩子们抢夺市场，各具独到品种
你只挑拣你想听到的，且在口水战中结盟
既然战事的真相屡遭屏蔽引发斗嘴
也只好在看似强悍或弱势的一方站队

六

眼前所见颠覆了云山上的思想
你其实并不能把世事全部探明，却忙于
将正义高举过头顶，而你言之凿凿
的旗帜，终在乱风中发抖；只有
青山依然静谧，与日月同俯仰；农人
尚且躬身于焦土，默默承受云的偏航

2022 年 4 月 13 日

水

水——

救火的水,止火的水
从噩梦也从美梦中析出的水
起火时,水其实已跟在后面
她的意愿是跃往前方让火销声匿迹

火被点着有时迫不得已
有时被风不停煽动
欲歇又被拱燃
烧旺的火其实颇为无奈

善良的人们相互输送的水
让心火降温的水
让蒙圈的观火者理清头绪的水
受炙烤者自我防护的水

水啊,映现上苍之脸的水
依然是天宇洒落的琼浆
长鞭一般抽打玩火者的水
用你的清澈和甘甜捋顺纠结之念,
抚慰焦躁之心吧!

水啊……

2022 年 4 月 14 日

晨 悸

当这一天你还不及触摸
它如同分泌了黏液一般滑溜
你需要把时间这条鱼摁住，把它
收入囊中——自己预设的兜里

君不见——
显示屏，数轴倾诉的疫情缩了两格
廊下闲聊之间，远处高楼又长了三寸
快递小货车的路程表增了百里
扣人心弦的网络小说添了五节

……战火如晨光抖擞，沿焦土步步
推进；攻方以三十分钟拿下一座城
股市大盘的 K 线图谜一般闪烁
一秒便揪断数人的神经

你啊，日头已悄悄溜进你的被窝
电声如锯，一总在远远拉扯
不能让一整天像不露头的泥鳅
也不能让它被一阵风吹走

天地间有横横竖竖的方格

安放了贴上标签的动静

日光下，你成串的影子还无须雕刻

余资尚可消费，水的末流啊

  依然是水

2022 年 5 月 31 日

遇　鱼

在一条山野的溪边，那人手指着
像一只脱钩的鱼，踩着岸边草丛，上奔
下窜，激亢的语气和神情胜过湍流：

看！快看！河里有这么多鱼！
在这——在这——看，看，看！
看这条、这条！至少两斤，不，三斤！

鱼儿们听而不闻，不知是戏水还是
戏人，用拍水的鱼尾勾钓着人的眼睛
一再把人饕餮的想望逼疯

不禁深陷纠结：鱼所预备是人的情感抑或
口胃？天理本已蕴含，就像光的虚实
你的求取或能融合人鱼的两面

可有鱼叉鱼兜手抛网？并无鱼扈扳罾
折叠笼！且未见鱼藤精和弹弓射鱼器……
——哦，观鱼的激亢仅仅对鱼戏宣以激赏

我看到太阳也游在水中，把鱼身照亮

2022 年 6 月 2 日

海鸭子

那一只肉香扑鼻的海鸭子
在盘中,翅膀似乎还能扑腾。
我不忍下箸,尽管她已被烹制
却仍有海浪为她助威
有海风掀起她的羽毛　和梦境。
要吃她就得一同吃下海滩——
那潮汐遗落的沙虫和海藻
滞留于礁石坑的鱼虾和阳光
海天的云霞和虹霓
以及岸边鸭寮的膻臊
养鸭人嘴上香烟的光闪……

海鸭的肉身还存有远天的信号
她生下的蛋会留有生命的秘辛
你吃下的可不是一只鸭
毋宁是一群鸭和鸭的香火　以及
海的心思和手艺
——可你却在跟鸭肉的角逐中
　　完败
呜呼,磕你牙,又从你的齿缝所后撤
恰就是,那只沉默之鸭的"吝啬"

2022 年 5 月 26 日

凌大波

——读屈原有感

我的船在云间穿行，以破云的光为桨
前方的浪涌起，让回忆发出响声

我来自不远的星球
在万物不经意的念想下出生

在天空扬帆经不住罡风摧折
须得学会像鹦嘴鱼般自救

我远飘，因为鸟群衔走了许多人的姓名
我将帮忙索回，还给失魂的他们

完成这一段航程预备下新航程的波涛
纠结这一生只为打下轮回的腹稿

中途补给站是外太空的环形山
顺便去拜访刺爪兽①居住的仿人居森林

已经携带了的，没有什么被遗弃
祖先是在东君的故乡等着我们

2022年5月30日端午前夕

———————————

①科幻画家韦恩·巴洛威笔下的刺爪兽（Daggerwrist）是其所创作系列外星生物中的一种，居住在画家想象的星球——达尔文 IV 上。

并非假设

我还是要检视自己的每一天
就像赶海人清点当日的渔获
但期待宛如潮汐
你得有精血投入到来去之间

失意的人把命运当作一根绳子
系于腰；它的缠绕成了幽怨的资本
神是否也借了牛的舌尖反刍？
岁月又是否在道路尽头重新划分？

这一季，绵绵淫雨羁绊行脚
居家的日子能把心思阻断？
竭泽而渔的人得再次放水
沉实的蕴藏下或有真金白银

那天书是被改写抑或未完成？
照片中作古的人还朝我瞪着眼睛
孙儿画的老虎正从保护区下山
阔步生威，如同在扩大森林的边界

明日起世界就将不一样了
我的梦也要被推倒重来
外星飞船兴许会在本城登陆
我得想好究竟要欢迎还是抗拒

2022 年 5 月 28 日

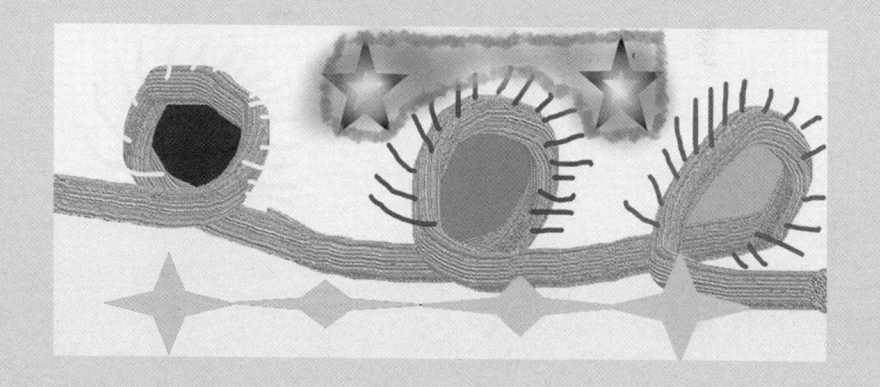

附录

余禺（宋瑜）创作年谱

1983年，与蒋庆丰（哈雷）、马振霖、官春敏（朱山）、陈承茂、阮兆菁、卓黎明等人共同发起成立"闽东青年诗歌作者协会"，编发民间诗刊《三角帆》，接受共青团宁德地委指导。9月，诗作《广场，新的调色板》，首次在正式媒体《福建文学》上发表。

1984年，诗作《大副·孕妇》（二首），发表于《福建文学》6月号，于翌年获福建省第二届优秀文学作品奖。

1985年3月，列席由厦门大学中文系和福建省文联文艺理论研究室共同举办的"全国文学评论方法论研讨会"。在会上散发民间诗刊《三角帆》，得到评论家曾镇南、张炯的关注。本年度开始同诗人昌耀通信。8月，完成评析昌耀诗作的论文《昌耀——西部中国的游吟者》，得到诗人昌耀的支持和肯定，后收入文学论述《复眼的视界》一书（余禺著，安徽文艺出版社2012年11月版）。9月，调入福建省文联，于《福建文学》编辑部从事编务及编辑工作。

1986年1月，调入《台港文学选刊》编辑部工作。11月，诗作《壁虎》刊于《关东文学》双月刊第6期"第三代诗会"专版。

1987年1月，诗作《印象》刊于《城市文学》杂志；6月，诗作《海和女人》《惠安女》刊于《江南》杂志。11月，撰写《台湾现代诗的两极对位》，作为提交在福州举行的台湾文学研讨会论文，得到厦门大学教授、台湾文学研究专家黄重添先生赏识。会后该文刊于厦门大学《台湾研究集刊》（1988年第2期），系本人第一篇正式发表的诗歌方面研究性论文。

1988年4月，诗作《圈套》《窗内的人》刊于文学丛刊《黄河》第2期。8月，赴北戴河参加由北京大学、北京师范大学、中国社科院文学研究所等单位联合举办的"全国首届文学夏令营"学习，聆听乐黛云、汤一介、严家炎、谢冕、王富仁、钱理群、任洪渊等名家的讲座。11月，福建省社科院、厦门大学台湾研究所、福建省文联台港文学选刊编辑部、海峡文艺出版社等单位共同举办了福建省台湾文学研讨会暨福建省台港澳暨海外华文文学研究会成立大会，本人提交评论台湾诗歌运动的长文《现代主义与中国诗学的再出发》，得到与会台湾诗人洛夫及台港文学研究专家刘登翰先生的赏识，随后入选《台湾文学的走向》一书（海峡文艺出版社1990年4月版）。专家黎湘萍予以充分肯定。

1990年12月，《大副·孕妇》二首，入选《福建文学四十年·诗歌卷》（海峡文艺出版社出版）。

1991年6月，诗《两地雨》，收入《我已歌唱过爱情——两岸青年诗人情诗选》（台湾诗之华出版社出版，另有大陆版）。10月，诗作《鹿蹄》刊于《花城》杂志第5期。

1992年5月，《海和女人》《随想》等六首，入选《蔚蓝色视角——东海诗群诗选》（浙江文艺出版社出版）。同月，应邀担任首届"柔刚诗歌奖"评委。7月，出席由福建省作家协会、东山县文联联合举办的"福建诗作者'海洋文学'笔会"。该笔会由著名诗人蔡其矫主持，本省诗人范方、汤养宗、伊路、黄锦萍、游刃、江熙（江小鱼）、刘小龙等十多人与会，会后成果"海洋同题诗"《贝壳线》刊于12月20日福建省作家协会主编的《海内外作家企业家报》。

1993年4月，长篇评论《文化解构与诗的重建——两岸诗坛后现代主义倾向比较》刊于《当代作家评论》第4期，中国人民大学复印报刊资料《中国现代、当代文学研究》月刊（CN11-（F）1001/080）转载。评论《投向诗国的梦——香港"龙香"诗作综论》刊于《福建论坛》第3期，中国人民大学复印报刊资料（CN11-（F）1001/080）转载。10月，《养育时光》四首刊于文学期刊《今天》（北岛主编）1993年秋季号。

1995年9月，《病房写意》组诗四首刊于《福建文学》第9期。10月，评论《在新叶中鸣响新叶——评廖一鸣诗集〈更高的玫瑰〉》收入广西人民出版社版该诗集。

1996年1月，诗学论述《可能、先在与重临》刊于21日《福州晚报》"兰花圃"专版。4月，诗作《时光之诗》（《水上》及其他），刊于《上海文学》第4期由舒婷主持的"闽风"专辑。2月，评论《"盲者"：在身内守望——读陈隐的诗》刊于《福建文学》2月号。9月，评论《从早期诗刊犁青诗情与诗艺的基点》收入海峡文艺出版社版《山花初放》。11月，《时光之诗》（组诗《白玉兰》等七首），刊于《作家》杂志第11期由曲有源责编的"诗人自选诗"栏目。

1997年，诗作《春有晦明》（外三首），刊于北岛主编的《今天》（ISSN0803-0391）。7月，由福建师范大学、中国社会科学院文学研究所主办，北京大学文学研究所、福建省社会科学联合会、台港文学选刊杂志社联办的"现代汉诗国际学术研讨会"，于26日至30日在武夷山举行。来自中国大陆、香港、台湾及美国、德国、日本、澳大利亚、韩国等国家和地区的汉语诗歌研究领域60位知名学者出席了研讨会。本人受邀与会，被安排为台湾诗人、学者萧萧的论文《论台湾散文诗》做讲评，并提交论文《诗歌在当下重临——关于现代汉诗前行的思考》，后收入会议论文集《现代汉诗：反思与求索》一书，作家出版社1998年9月版。8月，《秋天的远雷》等七首刊于《福建文学》第8期。

1999年9月，《时光之诗》四首（《水上》《梦园》等），入选《福建文学创作五十年选·诗歌卷》（海峡文艺出版社出版），并与《福建文学》诗歌编辑郭志杰共同担任该书特邀编辑。

2001年1月，第十届"柔刚诗歌奖"颁奖会在福州举行，获奖者孙磊。诗人孙磊、哑石、马永波、安琪，诗评家陈仲义等到会。余禺应邀担任该颁奖会诗歌研讨会主持，并发表论文《古典诗歌美学与当下诗歌重临——对大陆先锋写作的一种思考》，后收入文学论述《复眼的视界》一书（余禺著，安徽文艺出版社2012年11月版）。5月，评论《火的命运与指向——读千岛诗群并探其诗型的可能性》刊于汕头大学《华文文学》月刊第3期。7月，评论《在梦境中等待雨水浇淋——读〈随风而逝〉》收入香港荣誉出版有限公司版郑国锋（巴克）诗集《随风而逝》。9月，诗作《皂角树倒在山沟里》（外一首），刊于《诗刊》第9期。11月，组诗《过渡的星光——闽地吟》刊于文学丛刊《海峡》第6期。

2002年2月，长诗《东山吟》、评论《蓝色光，在时间的门槛上》（评游刃诗）刊于《福建文学》第2期诗专号，诗评家邱锦华为余禺撰写评论《余禺的冥想诗》。4月，《余禺的诗》组诗四首刊于《诗歌月刊》第4期。6月，诗集《过渡的星光》，由作家出版社出版。诗人宋琳作序《接近月亮的另一种方式》。本诗集受到台湾著名诗人痖弦的高度评价，并得到诗人、诗评家简政珍援引解析。9月，《诗五首》刊于《今天》秋季号。同月，诗《古歌》在福建首届"海峡诗会"上被朗诵，并受到台湾诗人大荒、张默赏识，被带往台湾，刊于台湾《创世纪》诗刊冬季号。12月，应邀参加在南京、江阴、周庄等地举行的"第七届'今世缘'国际诗人笔会"。

2003年2月，诗作《出游》二首刊于《扬子江诗刊》第2期。10月，《杂色》四首刊于《福建文学》第10期。11月，应邀出席在厦门市文联举行的"福建首届青年诗人交流会"。"中国诗人"、"诗旅程"、"第三说"、"诗三明"、"顶点"、"中国汀洲作家群"、"丑石诗歌网"、"零空间"、"泉港笔架班"等本省诗歌群体代表到会。《诗刊》林莽、《星星诗刊》梁平、《诗歌月刊》王明韵、《诗选刊》刘松林、《扬子江诗刊》子川到会发言指导。厦门市文联主席、著名诗人舒婷到场讲话。诗评家陈仲义任总主持,余禺任分场主持。

2004年1月,诗《清早》刊于《扬子江诗刊》第1期。3月,《城市笛声》《消失》、入选《2002~2003中国诗歌年选》(中国诗歌研究中心主编,花城出版社出版)。同月,评论《坐着的双重视觉——评笔尖〈坐在城市的楼顶〉》收入时代文艺出版社版笔尖诗集《坐在城市的楼顶》。5月,《余禺的诗》(二首)刊于《诗歌月刊》5月号"诗版图"。10月,《时光的颜色》(二首),刊于《星星》诗刊10月号上半月刊。11月,《余禺诗歌》(二首),《诗选刊》11月号转载。

2005年12月,诗《金水湖》《呼吸》入选《2005中国诗歌年选》(中国诗歌研究中心主编,花城2006年4月版)。

2006年5月,评论马来西亚诗人吴岸诗歌的《生长在北婆罗洲的诗歌植物》一文收入《蕉风椰雨》一书,由中国文化出版社出版。

2007年12月,诗《采桑曲》《父亲的岛》等8首,刊于台湾《创世纪》诗刊冬季号,台湾诗人、诗评家张默撰写点评《从〈采桑曲〉到〈车向大海〉》,予以充分肯定。

2009年9月,诗作《一种形态》(外三首)入选《福建文艺创作60年选·诗歌卷》(海峡文艺出版社出版)。评论《文化解构与诗的重建——两岸诗坛后现代主义倾向比较》入选《福建文艺创作60年选·评论卷》(海峡文艺出版社出版)。12月,组诗《空出的场地》(另题《空地》)(《淘宝》等10首),刊于《诗探索》2009年第二辑作品卷;诗学论述《关于诗生活的通讯》,

刊于《诗探索》2009年第二辑理论卷，本卷同时刊发了诗评家伍明春及赖彧煌对本人诗作的评论二篇。12月，诗作《城市波尔卡》入选《2009中国诗歌年选》（花城出版社2010年1月版）。

2010年1月，诗作《惊艳》《成贤街》《"天鹅"》刊于《作品》第1期。2月，散文随笔集《拾篾集》，收入作品51篇（组），由海风出版社出版。11月，组诗《空出的场地》（《猫》等7首）刊于《福建文学》。12月，诗作《惊艳》《大风歌》入选《2010中国诗歌年选》（花城出版社2011年1月版）。

2011年1月，组诗《空出的场地》（《淘宝》等10首），获福建省第二十四届（2009年度）优秀文学作品奖。5月，诗作《眼前的山坡》（外二首）收入《风的齿轮：福建文学六十年作品典藏1951-2011》（海峡文艺出版社出版）。

2012年4月，诗作《在无何有之乡》，入选由诗评家孙绍振、伍明春编选、海峡文艺出版社出版的《福建优秀诗歌选2010-2011》。10月，评论《处身俗世的诗学辩证——读王鸿的几首诗》收入王鸿自选集《尘世的抚摸》（海峡文艺出版社版）。11月，文学论述《复眼的视界》（40万字），由安徽文艺出版社出版。评论《诗的美学生成方式与福建诗歌》《重生的事物——读荆溪近年诗》《读施雨的三首诗所想》等收入该书。

2014年6月，组诗《空出的场地》（《晚云》等7首）及创作谈《我的诗学态度》，刊于《福建文学》第6期。

2015年9月，诗作《咏荷三首》，刊于台湾《创世纪》秋季号。11月，应邀担任福建省文联《福建文艺界》编辑部"特约栏""闽派诗歌之我见"学术主持，编辑邱锦华、安琪、初为常、黄莱笙、道辉、伍明春、余禺七篇文章，并撰写《主持人语》。12月，诗作《尚水》入选海峡文艺出版社版《我家门前那条河》。同月，组诗《空出的场地》（《晚云》等7首），获福建省第29届优秀文学作品奖。

2016年10月，长诗《东山吟》入选由福建省作家协会编、海峡文艺出版社出版的《闽派诗歌百年百人作品选》一书。

2017年3月，诗论《关于诗生活的通讯》入选《闽派诗论》（海峡文艺出版社出版），10月，散文诗《冷色》《人居》《大化与幻术》入选《闽派诗歌·散文诗卷》（海峡文艺出版社出版）。

2018年5月，诗作《水上》《问路》，入选（福州诗群联展）《诗歌榕城》一书，（海峡文艺出版社出版）。

2019年8月，诗作《阳台》《听鸟》刊于《诗刊》8月号上半月刊。

2020年1月，诗作《壁虎》《鹿蹄》等4首入选《福建优秀文学70年精选》（海峡文艺出版社出版）。2月，组诗《家住社区》刊于《福建文学》2月号。

2022年1月，组诗《歌唱及其他》刊于《福建文学》1月号。

（本年谱以诗创作及诗评为主；不完全罗列）

评论选摘

台湾诗人痖弦给余禺的题签

我在风中散步,踩着自己的脚跟
树影展开,戏仿我前倾的思想:
哪一朵菊花开在必经之地,哪一座村庄
将把我抛下的视线收藏?
……
是谁,秘密的行踪穿过了泥土
空气中随处遮掩他的伤痕
不知道事实的真相我怎能说谎
把零星的果实看成石头的沉重?
……
日子从很远的地方弯过来了
将要指给我,沿哪个垭口阅读群山
一路纷乱,我的回想接不住那么多飞蛾
只知道,总有暗中的一角孵化了时光

　　谨录宋瑜先生俊句三节并拍案曰:真好诗也,不让冯至的《十四行诗集》专美于前。

痖弦　2010 年 11 月 3 日　福州

卷首

我在风中散步，踩着自己的脚跟，树影晃开，戏行我前倾侧思想：哪一朵菊花开在必经之地，哪一座村庄将我抛下的祖辈收藏？

是谁，秘密的行踪靠过泥土，空气中随处遗撒他的伤痕，不知真实的真根我怎能说谎，把零星的果实看成石头的沉重？

日子从很远的地方雪过来了，非要指给我：沿哪他塘口阅读群山，一路纷飞，我的回想接不住那麽多蝴蝶，只知道，总有时光的一角卿化了时光。

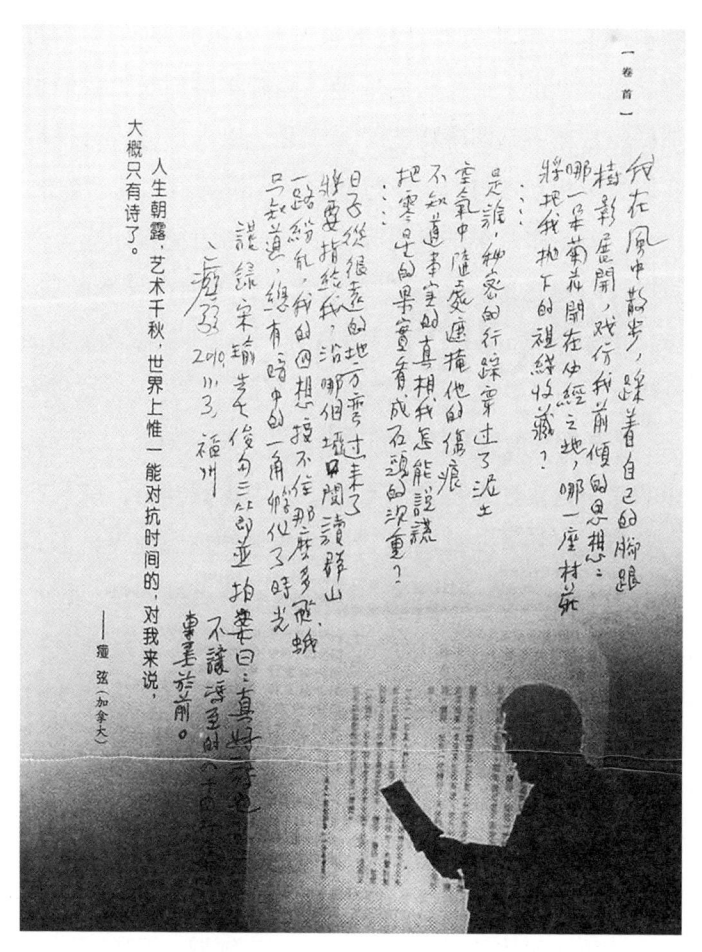

谎录宋璐老後句三行的並拍案曰：真好真好，不读浮至的〈平田手卷〉棄差於前刪。

瘂弦 2010.11.3 福州

人生朝露，艺术千秋，世界上惟一能对抗时间的，对我来说，大概只有诗了。

——瘂 弦（加拿大）

瘂弦先生在《台港文学选刊》扉页上为余禺题签

接近月亮的另一种方式
——《过渡的星光》序（节选）

宋 琳

这本诗集的作者余禺是我的长兄。在我们的许多共同乐趣中，诗歌也许算得上最长久的乐趣。随着年事渐长，我们很难像从前那样经常在一起切磋诗艺了。于是，以书信方式交换诗作就成了我们继续相互参与的美学行动之一。进入（二十世纪）九十年代以来，差不多每年结束之际，他总会将手稿打印成薄薄的一册，冠以《时光之诗》的标题寄给我。对于远在异乡的我来说，这个标题隐含的郑重意味是不言而喻的。谁也不能撇开生命的因素来谈论诗歌，那对生命和诗歌都是不公平的。我想说，这里交给读者的是一个长期病魔缠身的人的生命之诗，即反对死亡之诗。

由我来写这篇序言再自然不过了，因为我知道，结集在书中的每一首诗，虽然并非篇篇达到作者希冀的理想境界，但是，它们的被写出本身就是一个奇迹。我就是带着这种偏见来读余禺的诗的：它们是疑问、祈祷、感叹和想象的综合体，是肉身痛苦的真切体验之深层转换，是寂然凝虑之际，透过日常生活的驳杂光影，对更高事物的终极性倾听。

……余禺近年一直在思考的一个重要诗学问题是诗的当下性传递，并著有专文（详见《诗歌在当下的重临》）。他认为诗歌在整体上呈现为当下语境，是与面前的世界之猝然相遇，诗的语言肌理应该植入躯体感觉才更切近心灵的领域。"当下语境"颇类似袁枚所谓"现前指点语"，但我理解余禺所看重的是生命的存在状况，即从严峻的审视中透出重力作用下的存在讯息。

当下是通往语言之途的出发点，重临意味着回到这个出发点，如此来往反复，原始返终的言说形态就是诗歌。从这个意义上，余禺一直在写着同一首诗。因为每一首诗所承载与他每一天的生活所承载是同构的……病与诗的强大张力是他要独自去处理的现实题材。里尔克曾说:"在日常生活与伟大作品之间,存在着一种古老的敌意。"那么,诗人怎么办？诗人在我看来就是化解敌意的人,他同时服务于两者,不仅是相反引力的交汇点,也是对立范畴的中介,为了将身边的事物诗化,几乎难以避免地"深陷"痛苦之中,尽管身体有时虚弱到不知"走出整一步的气力来自何处"(《想往四月》),尽管"深处的疼痛,身体触摸到更深"(《古歌》),心仍然惦记着"把明暗两事持平"(《死蝶之歌》)……

……余禺在诗中讲述的是一个人对日常生活的体验,它平淡、琐碎,渗透着往事和未来,像南方的橄榄一样苦涩。余禺的声音从不高亢,往往是自"深度的冥想中"(《群山》)发出的,沉浸于一种只有通过对天空的完美和无涯长久凝神才能偶尔觅得的曲调。我并不想强调疾病对写作的影响,但进入肉身的威胁性力量,肯定需要更大的力量才能与之抗衡。肉身必朽,"心要越出"(《拦截时间》),因为祈祷、沉吟与追问都是为了走向决断。对于诗人而言,此一决断就寓于写作之中。……

(节选自诗集《过渡的星光》,作家出版社 2022 年 6 月版,本文尚刊于《星星·理论版》,原文 3500 字)

从蝴蝶到蚂蚁:自我变形记（节选）
伍明春

……值得注意的是,在余禺近十年的诗里,蝴蝶意象鲜少出现,而蚂蚁意象却堪称密集。在这种卑微的小昆虫身上,作者显然也寄托了不少深意。不过,在余禺笔下,人和蚂蚁之间相互观照,构成一种相对平等的对话关系。譬如《淘宝》:

这一生不断伸手拿取
以为属于自己的东西
蚂蚁频繁改变方向　其实
与你无关　我们不知所以
就像每天的力量用在了一个地方

已经有了条蓝色的裤子
我突然需要一件T恤，它应该是
白色的　如同云彩和天幕的关系
没什么道理　没什么能说出
那种必然　像蚂蚁铁定要改变路线

那件白色T恤　就在某个位置
妻陪我走遍商场　终不免无功而返
所见都不确切　看上去
似有蚂蚁行进中的犹豫　似某物
多一分少一分的变种或乔饰

从石缝中长出的草最不挑剔
谁又能说它并无选择？
我便端坐、冥想，便翻出过往
终于在自家衣柜里找到它　略见
发黄　洗涤后却仍然洁白而闪亮

这里呈现出两条抒情线路，一条是"我"对于一件白色T恤的略显固执的寻找，另一条是蚂蚁为到达某一目的地而展开的艰难行程。二者都颇具日常色彩而又富有象征意味，在诗的最后一节汇合并不动声色地揭示主题。而诗人所淘到的"宝",正是那些出自冥想的电光石火般的顿悟:"没什么道理　没什么能说出""所见都不确切""从石缝中长出的草最不挑剔/谁又能说它并无选择?"这些暗含玄机的顿悟,如冰山之一角,构成一种富有张力的潜性话语,有效地丰富了全诗的表达效果。

而在《在无何有之乡》一诗中,诗人以辛勤劳作的工蚁自比,描述了人类乌托邦想象在现代科技进逼之下的步步退却:"静坐案头,低首,在无何有之乡/摒弃一切又似把一切寄存/友人正准备给我来电,而我的手机/搁在楼下,铃响也听不见/推进中的上司,已经把我的明天盘算/不让偷闲就像监视一只歇脚的工蚁/人和蚁如何从行藏中感觉出拉锯?/"手机铃声如同一位不速之客,不仅带来友人的温馨问候,也带来上司的冷酷指令,轻易地打破了"无何有之乡"原有的宁静。个体的自我在当下所遭遇的种种规约由此可见一斑。与此同时,诗人回返自身,试图寻求一种突破:"自我盯梢,回身的箭矢退向高处/看啊,一只蚂蚁当然走不出它的队伍/一只鹰,却不等待众鸟给定疆域"(《盯梢》),蚂蚁和鹰分别构成自我的两面,二者相互补充,相得益彰,大地和天空暗示了自我寻求超越的两个向度。

从蝴蝶到蚂蚁,这一意象选择的变化颇耐人寻味。这一变化不仅反映了意象符号的多元化,更体现了诗人自我形象的丰富性。……

(作者系诗人,诗评家。文学博士。福建师范大学协和学院教授。原文8000字,发表于《诗探索》2009年第二辑理论卷,题为《明朗的冥想与倾听——论余禺的诗》)

在自我与世界之间建立诗的"方程式"
——小议余禺的诗（节选）

赖彧煌

在我看来，余禺的诗在许多时候处理的是如何在自我与世界之间建立关联的问题，这既是诗人的美学议题，也是他的生活话题。换言之，他要处理的是，如何用美学之眼打量世界的同时，又能切合生活的切肤之痛。

从这个层面考量余禺的诗写实践，可以发现，即使是有着显明标识的面向自我之诗，其处理的世界也是向自我之外开掘和溢出的。譬如面对疼痛的病体，那至深至大甚至难以企及的伤病（"可我深处的疼痛，身体触摸到更深""它的阴晦延续至今"），诗人表面上是在张扬文字（诗）对个体（自己）的抚慰之力：

> 让我满足于我的写作，像教师安抚她
> 捣乱的学生。她为他们指引未来
> 用一些古老的事情——病因结了果
> 便有源头初始的必要，且须充满信心
>
> （《视听》）

更值得注意的是包蕴在其中的对自我之世界的置换和新的确信。确信一种发现和"扩大"，建立一种联系。为此，我们就更能理解《一种形状》中"木沙发和藤椅，不仅仅是"让我们获得一种形状"，而是让诗在动荡的瘟疫式的气氛中获取"形状"，获取某种可以把握的稳定性。这令人想起冯至《十四行集》中所说的"把住些把不住的事体"。

在余禺这里，对身体的不确定、甚至动荡的感觉，它显然迥异于穆旦对肉体的省思，它被认为是"是岩石，是我们不肯定中的肯定的岛屿"。对穆旦而言，身体是怀疑论者的回归之地，是怀疑者最后的形而上学，但余禺显然不是怀疑论者，他甚至弃绝了极易不小心流露的伤感，身体或围绕身体的触发仅仅是其许多诗的策源地。起点和终点的区别使得余禺可能对世界葆有一份审慎的期待和展望，就能和许多事物"扯上关系"：

而空出毕竟使一支烟

散得较远，使心猿意马跑得较欢

……

空出意味着再次堆积从更远的地方

搬来更多，从，蚕的有限细丝扯向遥远

面临速成的命运使它发虚　而

空出的场地在徘徊中荒芜，在空出中

呼吸并且重新和眼睛相遇　和

上苍最初的运思

扯上关系

（《空出的场地》）

"扯上关系"，就是对经验和意识的拓展，是诗之世界的扩大。我以为余禺以他成功的诗学实践，向人们雄辩地证明了，从自我出发的诗歌探索是可能生发出充满了经验容量的诗篇的。

……

（作者系诗人、诗评家、文学博士。生前系福建师范大学文学院副教授。原文6500字，发表于《诗探索》2009年第二辑理论卷）

读余禺的诗……

张　默（台湾）

读余禺的诗，宜细嚼慢咀，从他创发的语字与意象的裂缝中，或可抓住某些意料不到的新趣。据笔者大胆推测，他应该读过里尔克、梵乐希（瓦雷里）等大家的诗。本期展出诗八首，前四首为其《采桑曲》十六行体的组诗。请看每首诗之头一句：

采采桑叶，是谁在白日里搬弄梦境
采采桑叶，那诗意不被看见
采采桑叶，在装饰华丽的居室饲养
采采桑叶，四肢觳觫被树杈逗弄

读者依此首句，再循环追探，作者那一丝半缕刚刚发芽的诗愫，自会在你的心头，袅袅不息。

其他，如《淘宝》回忆过往之点点滴滴；《我的证明》对某些理念坚持的独白；《父亲的岛》的缱绻与叹息；《鸟鸣》的欲呼又止；《车向大海》朗朗涌现扑鼻浪卷的豪兴。

咱们何妨到余禺所辛勤耕耘的绵密细致的诗圃中徜徉一番吧！

（选自台湾《创世纪》诗杂志 2007 年 12 月冬季号）

意象叙述的特色（节选）

简政珍（台湾）

叙述非故事性的内容

意象既然不是目的论的化身，若是用来叙述，叙述的焦点就不再是故事的情节。事实上，意象叙述最重要的特色，不是呈现事件，而是事件在时空中沉淀心灵的印象。印象展现的当下，并非价值论断，也非事件的来龙去脉。不是事件的还原，而是瞬间事件在观察者心中的形象所转化的意象。试以余禺（宋瑜）的《父亲的岛》的前三节为例：

当我们去向父亲的岛，发现
那许多存留像新生的蘑菇
会觉得心绪有些不可捉摸吗？

像浪中的船难以驾驭。父亲
躲在烟卷后如礁石，如水中海藻
岸上的父亲是他翻过的每页日历？

他甚至并不期待我们阅读
仅如影子般游移，在我们行走之地
与我们擦肩，又是谁将他隐匿？

诗所呈现的不是一个故事，而是一些带有比喻的意象。第一节诗中人发现父亲的岛上留着许多"像新生的蘑菇"，让诗中人不解，因此也很难捕捉父亲的心绪。第二节描述父亲躲在烟卷后，"如礁石，如水中海藻"，一种隐蔽与退缩。第三节比喻的落足点是父亲"如影子般游移"，不仅难以捉摸，甚至并不期望被阅读与了解。假如诗所呈现的诗中人都无法了解,有关父亲的"故事"当然更不是诗叙述的重点,而是存留于诗中人脑心中的印象,以意象的形态出现。

当然,透过意象叙述,读者一方面可以琢磨诗中人为何对父亲的不了解,另一方面,可以透过自己的感知,使自己了解的层次超越诗中人,或是看出诗中人与他的父亲另一层隐晦的关系。蘑菇、礁石、海藻、影子的意象与比喻因而也显现了诗中人与父亲的疏离,虽然读者不确定谁造成疏离。意象不说故事,不假言说,但却更能彰显意识的多重面向。

(选自简政珍《意象叙述美学——以中生代诗人为例》)

余禺的冥想诗

邱景华

像那些因疾病而专注于生死的作家一样,余禺的精神世界是独特而幽深的。"那佝偻着看着脚尖的人,那个我/他坐着,在喧哗的市声的暗影里"(《音乐》)。这样的自画像让人惊诧。这位生活在榕城闹市里的诗人,却把自己定位为暗影里的"踞隅者"。这大概是他笔名余禺的内涵所在。

表面上看,忠于职守的余禺白天在编辑部里辛勤劳作,与他人没有什么两样;可晚上回到家中独处一室时,就变成冥想的诗人余禺,在不为人知的精神世界里艰难跋涉。所以,很多人认识编辑宋瑜,却很少有人认清诗人余禺的真面目,因为不经过诗歌的探险,很难进入他的精神世界。

造成这种编辑宋瑜与诗人余禺"双重人格"的原因,自然是源于他那长期的疾病。"人在光中,就拖出一条病体的黑影"

(《出游》)。"亲切的鬼,从紧闭的窗牖走入过道/就像我等待已久的远客"(《音乐》)。疾病,开启了一个特殊的世界,常常使宋瑜偏离常人生活的轨迹。而余禺就在疾病的阴影里,独自苦苦思考生命的价值和人生的意义。他本应该皈依宗教,使他肉体的痛苦得以减轻,灵魂找到归宿,但他没有将灵肉的问题简单化。看似好脾气的余禺,在精神朝圣的路上,却有自己不可动摇的信仰和操守。

余禺虽然没有皈依宗教,却有很强的宗教感。所谓宗教感,就是对永恒的追求。余禺没有像其他病人那样,在宗教中寻找灵魂的支撑,而是在诗歌的写作中追问和冥想生命的永恒价值,和人生的终极意义。正是这种根源于现世生活的强烈的宗教感,造就了余禺的冥想诗。(因为没有宗教感,也就没有西方的冥想诗)

余禺既创作又从事研究,这种双重身份,使他具有较为开阔的视野,和综合平衡的能力。一方面,他热切地研究先锋诗,经常与其胞弟、诗人宋琳探讨现代诗艺;另一方面,又没有抛弃中国诗歌的传统。正像编辑宋瑜,在生活中从不走极端一样;诗人余禺,艺术上也从不以走极端取胜。二十多年来,他一直在先锋诗与传统诗中寻找某种相通和融合,并逐渐形成了自己的艺术风貌。西方的冥想诗,因专注于心灵的祈祷,和神性的体验,宗教感非常强烈。所以,与中国读者的审美欣赏习惯有相当的距离。著名诗人牛汉曾指出,里尔克的《杜依诺哀歌》虽然是世界名篇,但在审美接受上有很大的困难。

余禺的冥想诗,并不像西方的冥想诗那样,是纯粹的心灵沉思和祈祷,而是借助于中国古典行吟诗的传统,即以诗人旅途中的所见所闻的自然意象与内心冥想,双向交流和相互问答的艺术格局。它不像意象诗那样独立而完整地用意象群组成画面,而是把自然意象融合在诗人的冥想之中,即用诗人冥想中的独白、疑问、祈求、呼唤所组成的意识流,裹挟着自然意象的流动,形成一种独特的内省的语式。

长诗《东山吟》，具有余禺冥想诗的基本特征。首先，它以福建东山岛作为该冥想诗的现实存在基础；其次，所写的内容是生命对物质享受的渴求，与精神对永恒追求之间的矛盾。《东山吟》所表现的，就是我们这个转型期，人们普遍遇到的难以解决的时代难题。所以，解读余禺的冥想诗并不会使我们陷入空想，或走向虚无；反而会使我们浮躁的心灵沉静下来，更深沉地思考灵魂和信仰的生存大问题。

每次见面，余禺那没有皱纹的光洁的脸上，总是浮现着安详而宁静的表情。我的心充满着敬意，深深体验到诗歌的巨大力量。经历了那么多疾病的恐惧和痛苦，经历了那么多灵魂的绝望和虚无，余禺始终没有放弃诗歌的写作。我想，诗歌写作被余禺提升到一种神圣的境界：因为那是他追问生命的价值，和人生意义的心灵坦途，也是他精神力量的坚强支柱。

或许上帝将他遗弃，但诗神已把他收留；他始终沐浴在诗神的灵光之中。他是有福的。

（选自《福建文学》2002年第2期）

有　感
——读余禺长诗《东山吟》有感

xiaoxia

夜半咳嗽醒来，一个人躺在房里的飘窗上，世界真安静。

望着星空，想起这样一句名言——当世界上第一个人仰望星辰，哲学就诞生了。星空之下，清新近在咫尺，我想着常想的这样一个问题，诗与病痛之间，有着怎样的关联？例如，诗人余禺。

也许，是源于对病体的悲悯，阅读诗歌文本时，我更关注隐喻性更强的冥想诗，疾病与诗人——余禺的诗歌，在我最早的阅读中，给我留下了较深的印象。我想一首好诗的完整意义，并不是仅限于把它单纯地表达出来为自己吟唱，它是让读者从看似平淡的诗行中寻找与之发生共鸣的心灵的探索，也是通过阅读表达对诗人的尊敬的同时提升着读者的阅读能力；它的意义是于生活中体现着诗意，延伸生活的深刻；而诗所体现的情感色彩由特定的时间所决定着。也就是说，一切喜怒哀乐，全都是作者真实的写意，就像我前几日偶读过一篇这样的清灵小章上说，文字是心灵的真实写照，是快乐与悲欢瞬间的见证，泪水，也都是真实。

大约是在 2004 年第一次接触到余禺的诗歌是在《福建文学》上发表的《东山吟》，对诗而言，我更关注的是在诗中诗人余禺发自内心一遍又一遍地追问，反问，设问所写的诗句，从根本上说，真正意义上的深刻了解是在今年，2007 年 2 月初，无意中买到了余禺的诗集《过渡的星光》，它更确定了我对他进一步的了解和对他诗歌的理解。余禺从事编辑工作，长期的疾病缠身使他"走出整一步的气力来自何处"，"深处的疼痛，身体触摸到更深"，使他的冥想诗区别于其他的诗歌，他，有更深更多的身心上的无奈与疼痛。

我独爱他那句"人在光中，就拖出一条病体的黑影"（《出游》）。

在《东山吟》中，他所能做的就是，像老者那样眯起眼睛，看似毫无表情，以孤鹭脚步为切口，步入诗中忘我的境界，由"一张空白纸上进入/身体铺开"，"把心里的许多东西告诉空无"。从海边的防护林木麻黄、一只远古化石般的鲎，还有椰树、芭蕉以及生活中面对的美味的海参、龙虾和锦鲤，他追问自己，"如何回复，如何辨明筋骨深处的火焰"？作者敏感的心处于俗世与精神世界之间一次次地徘徊，倘若"我还能返回/向艄公借一瓢饮/清冽的淡水将使守护肩头的天使/变得坚定。但不避海鲜的美的倾慕者……"

在现实生活中，我们不能规避市井中的讹虞我诈、勾心斗角、小心算计，我们唯一能做的是，在放弃中学会说对不起，在伤害中笑着说没什么，悄悄地裹着一颗千疮百孔的心，学会把自己放逐，"到遥远的南太平洋原始的/岛屿，天赐的木菠萝供我为生"，或许可以"让意念停留于空白纸上还是涂抹"，可"这一方的践履是拥抱还是放逐""家可以返回？"就因为这样迷糊的清醒，余禺知道，"我把自己看见/因为借助了光而浑身战栗"。对于这样一个身受心灵与肉体双重折磨的诗人，当"宿疾成为压倒一切的理由"，还继续追求诗神："请不要拒绝我的忏悔/不要甩手离去"。尽管如此，诗歌之外，现实生活中，我们仅仅只能够让"马达把鱼鳍模仿"，尽管，"风景不如画，"欲望与灵魂的高蹈在不断地做着纠缠，但"我必细心梳理/她真实的髭须"。

对病体，他是不幸的；对诗歌，他又是有幸的。疾病令他的诗歌超过生活的高度，有了超高的冥想可能。经历了绝望与虚无的他，用另一种生活的方式告诉我们："太阳那么好，我们无言以对。"这就是余禺。

夜半醒来，回想这病痛与爱恨交集的一生（身），一双慧眼看透的繁华及其背后，又有多少为人们所知？我知道，它不仅在诗中，还静静地蛰伏在我们周围。

除此之外，人在病中，还有多少的念想不能说出？

2008年8月5日

［下载自 xiao xia_ 新浪博客（2007-08-05 16：21：33）］

短评余禺《车停于野》(二则)

诗奴的短评

中午,我在办公室,将额头抵在这首诗上,做了个短憩,十分钟,也许还不到十分钟,回忆像楔子钉进我困倦与平板的生涯。十数年我与余禺交往的光阴就在我闭目里翻卷而过,仿佛只有神知鬼觉。与此同时,我读故我在,一个经过年龄、疾病与沉思过滤之后,变得纯洁、温和的灵魂,连同那些被洞明的透亮细节、小小的却能持之以恒的内心坚守、不易为人察觉的复杂、联结上整个世界的思想厚度,被细细地缝织在这首诗里,慈祥、宽容与温暖溶解在暮霭中,距离感消失。这个安静的中午时分,我获得一个意外的短暂位置,这或许就是那个无法言明的片刻,生活竟然也有大美照临我!

[下载自 biog. tianya. cn/blogger/view_ blog. asp? Blog…76k2008-11-30]

刘小云的短评

余禺的诗,繁复、庞杂,却又清晰、明朗。驾车野游,在乡村遇见一个女孩。为她的青春靓丽所吸引,甚至爱上了她,迷离的眼神,天使的神情,发育未全的身形,稚嫩的嗓音……然而,为她欢欣又为她担忧,四下里有窥视的幽灵,高压线像上帝伸长的手指,要触及女孩的额头。如果你爱上了这个女孩,就去拜访她,向她求亲。爱她,就要爱她简陋的居所、朴素的生活,连同爱她的家人,和她不完美的"内八字走姿"。这样的叙述,其内在的跳跃性,沉静而富有张力。叙事中夹杂几句写景,在一处树林连着草坡的地方，当花红在暮霭中显得暗淡，看那山冈四下呼应着教堂尖顶。对自然景色的描绘，把女孩的美和诗意的空间渲染得更是意境唯美，余味无穷。

　　［下载自刘小云的博客http：//blog．sina．com．cn/u/3397436300（2016-09-12 12：20：44）］

代跋

我的诗学断想

余 禺

◆不可否认的，当我们的生命失去与自然的紧密关联，我们实际上已缺乏传统诗人与自然沟通的生命态度。那些借助自然之景物、自然之意象来表达"微言大义"的诗作显得那样外在化，那样虚假和造作。我们面对的的确更多是现代生活内容。然而诗的主体与客体并非永远默契。二者应当是默契的，却是在移动中，在另一个位置再度契合。

◆假如我们不是立足于今天而产生广大深远的关怀，假如不是个体生命与社群产生必然的张力，假如现世的诱惑和虚灵的渴望不是同时作用于我们的内心，又假如深沉激越的诗意情怀并不基于对存在的洞见，我们或许会被指责为一种逃逸性的自我抚慰，另一种空心、虚妄和造作。

◆荣格说："一个时代的精神是无法单凭人类的理智过程就可以领悟出来的。它是一种性向，一种对那些心灵较软弱者产生作用的情绪趋向，经由潜意识的媒介，而带来的一种惊人暗示。"这些"心灵较软弱者"，在今天中国的大地上徘徊，在自己心灵的一隅冥想，把生命引向黑暗之门，通过那长长的生命甬道去逐渐接受光的照临。

◆世俗是诗的宿敌。生活并非外缘于诗的东西，诗经由心灵和美学的酿造，而使生活内化为无尽的诗意。假如你能真切地感知生活，并且融入其中成为生活的一分子，你就能以自己为个案，以诗记录当下生活中真实自我的心灵图景，并在此过程中致力于诗的有效性写作。诗，为诗人自己所用，所以才为读者所用。心灵映射生活，词句映射心灵；其中真情和艺术成为融合三者的触媒。好的、有效的诗，是经由诗写者体验的、生活和心灵的碰撞，在当下重临、加入，并激扬于诗之长河的结果。

◆诗人的精神历险不应当终止在写作之前；那作为源泉的东西应当也是河流，每次临诗都是心灵的一次洗礼，每道波纹都归属于河流，又都在不同的位置上跃动而获得它的唯一性。表达是具体的表达，灵魂是生命在每一个差异的瞬间被光照、被统摄的灵魂。

◆事实上，语言自身存在着，当我们进入写作，是语言而不是我们把天空和大地呼唤出来，是语言而不是我们在指命事物。所以，当我们在言说语言的同时也被语言所言说，当我们寻求语言的同时也被语言所寻求，这一双向纠结构成了诗语言的神秘状态。在这里，"只有当人对语言作出反应时，人才说话"（海德格尔语）。这具有围绕于设定与突破的悲壮的宿命的意味。

◆诚然，过多的文化积存和观念先行使诗过于负重、累赘而失去温润、鲜活的情况令人担忧，后现代的文化解构又恰恰是对于文化关注的结果，同样不令人满意；但所谓文化之前的状态是不存在的，当人——从娘胎降临这个世界——甚至尚在母腹——他就被他所在的文化世界规定了。因此，"原初"是相对的，它所表述的更多的是人的生命直觉的意思，提醒人对现实周遭保持直接的、活生生的皮肤的触觉，强调了人在被"文化"化的过程中应当时时反省自己，不断试着去寻回被文明所遮蔽的人类孩提的情感和智慧，这对于现代人的灵与智的平衡是有用的。

◆在进入具体的写作时完成观念（或概念）的转换是重要的(许多时候需要经由劳动来完成)，这种写作的神秘状态不必多言，所指当然是一种灵机，防止概念作貌似诗的演绎。

◆我们在走下神殿之后，复从琐屑的，或是精微的生命的瞬间体验回到生命宏阔的背景上，假如我们不是真正地圣洁起来，则仍然可能产生新的空泛。但是，当我们感到传统写作的那种"光"的来源的可疑，仍然厌烦于那种夸饰性风度的"虚拟"的崇高，我们应当是自我检视的，从自身的贫乏和无力的感知中去得出结论。诗人需要内视、内省，把自己摆进去，写出反观自照的诗。

◆确有一种建立于空间知觉的结构形式的写作。其中应当肯定的是来自心理经验的主体在场的建构，这一主体是观念的主体也是实践的主体，而其客体则呈现为"生命活动的物质对应物"的性质。它避免了通常诗意的空泛，使诗显得端庄、沉静、硬朗，有蓄敛的激情，也富于美感。而酒神的艺术主体已经把自己置换成艺术的中介，主、客已不可分，二者完全融为一体。这种置换曾经成为被滥用、被造假的方式，但它又确实是那样不可伪饰！作为酒神艺术的诗歌是一种诉诸情感知觉与情调意愿的诗歌，是区别于空间静态而呈现为时间动态的诗歌。这种建立于时间维度的诗并非仅仅作为某种精神源头的展现，某种特定的表情，它同时处在实践之中、创造之中，预示着对诗人的更大的考验。

◆诗的"含混"是诗的艺术功能的体现，之所以如此是因为在含混中有一个隐蔽的"澄澈"存在着与之对应；美产生于由含混而获得澄澈的惊喜中。至于中国古典诗之"不涉理路""不落言诠"而呈现的"空灵"当是"空"和"灵"——而二、二而一的东西，所谓"意在言外""辞不尽意"，实在是表明了诗的无限意味。

◆诗歌诚然不是所指之物，但也不是漂游在一个无尽的语言链条中永远不可兑现的能指。她的确是那个姿势，那个"指"的动作，那支正在弦上引而未发的箭，已把她的目标指在那里。她或者是一锅朝着沸点而去正在被加热的鲜美的汤，可以想望她的意绪的弥散。

◆诗总在语言的围限中逸出和逼近模糊中的虚空、虚空中的实存、实存中的精准。诗，作不可言说的言说，作模糊中的精确陈述、构筑和歌唱，它在说出中抵达未说出，在未说出中说出了更多。

◆诗的新创有两个途径：一是走向极致而突破，二是返回滥觞而重拾。第一种情况有时看似突破而其实恰是返回。事物往往是在尚未命名之时保有它最真实的状态，诗也一样。现时代，事物都在其非本质的末端颤抖，或者逸出，而根处的景象就显得难能可贵。

◆诗歌重要的仍然是她的语象的生成关系，而非语象的生成因素；所有被写过的永远可以被再写，其价值是当被再写时仿佛从没被写过。诗的内在精神是不能被否定的，其"趋向美"的品质也不能被否定。所谓"反诗"对于反阶段性的诗具有革命意义，而对于诗的本质属性的反动，则是一个根本性的错误。

◆最好的诗是写出了人对于宇宙的孩提心情，这也包括了语言在成就诗时所应有的新鲜度。语言来自文化又创造文化，它的最佳状态是仿佛第一次使用。对语言的崇拜在诗人那里是天经地义的事情，诗人在语言上表现出的灵敏也正是生命的灵敏，它有时率然就是生命本身。

◆我还以为语言不是词句而是一种调子，这种调子并非纯粹的美感因素，不属于物质性的东西。诚如海德格尔所言："语言说话宛如寂静的钟声。"钟声即音乐，寂静即非物质，它是个人化的，在词句与词句之间产生，是浸淫于词句又超然其上的、生命的直接现实。

（本文原刊于《福建文学》2014 年第 6 期，题为《我的诗学态度》，收入本书时有所补充、修订）